Rainer Juriatti

Die Abwesenheit des Glücks. Erzählung

Rainer Juriatti

Die Abwesenheit des Glücks

Erzählung

Limbus Verlag

Gedruckt mit freundlicher Unterstützung von
Land Vorarlberg, Land Steiermark, Stadt Graz

Bibliografische Information der Deutschen Nationalbibliothek: Die Deutsche Nationalbibliothek verzeichnet diese Publikation in der Deutschen Nationalbibliografie; detaillierte bibliografische Daten sind im Internet über http://dnb.d-nb.de abrufbar.

Druck: Finidr, s.r.o.
Umschlagentwurf: © Dipl. Ing. Jelena Ristic, MA
www.ofatomsandlines.com

ISBN 978-3-99039-127-3
www.limbusverlag.at

Die Zeit des Menschen ist nichts,
solange man sie nicht erzählt.

(Paul Ricoeur)

für Pablo

Im Wiederkehrenden

26. April 2017

Du musst ihn lieben, denkst du, solange du hier bleibst, damit nur ein einziger Mensch ihn liebt. Manchmal bleibt die Schwermut deine dunkle Geliebte dabei, spürst du, ein Gedicht von Traute Foresti im Kopf. Du dachtest, es kann dir nichts passieren, und das hier, das kann dir sowieso nicht passieren, es passiert anderen, dachtest du, es passiert jeden Tag, es passiert bedauernswerten Menschen, nicht aber dir, dir passiert das nicht, weil es nicht vorgesehen ist, weil es deiner Liebe und deiner Beziehung nicht entspricht. Deshalb passiert es nicht. Als du ganz jung warst, da dachtest du überhaupt und ganz im Allgemeinen, es könne dir nichts passieren, und das hier, das werde dir sowieso nicht passieren, und im Nachhinein erschien es dir nicht angemessen, angesichts deiner großen Gefühle und angesichts deiner Pläne mit jenem Menschen, dessen Gefühle du teilst. Dass so etwas passiert. Und natürlich und zuletzt und am allerwichtigsten: Es kann nicht passieren, weil es nicht sein soll. So etwas ist nicht. Nicht in deinem Leben. So dachtest du.

Zweiundzwanzig Jahre später erkennst du, das Schreckliche behält seinen Schrecken, solange du es nicht begreifst, und das Geschehene kann man nicht begreifen in letzter Konsequenz. Du bist gezwungen, ein kleines, ein winziges Bild mit einem winzigen Menschen darauf in deinen Händen zu halten, an jenem Tag, der immer wiederkehrt, solange du leben wirst, und du nimmst dieses Bild erneut in die Hände und zum tausendsten Mal und zum millionsten Mal betrachtest du es. Auf dem Schrank steht es für gewöhnlich, hoch oben, sein Horizont und damit der Horizont deines Kindes beschränkt darauf, in den immer gleichen Wohnraum zu starren, auf das Zentrum des Hauses zugleich, den Ort der Familie, den Ort aller Geschehnisse nach ihm, und dennoch scheint er nur begrenzt, dieser Horizont, es ist nicht leicht zu erklären in einem einzigen Satz.

Deine Finger gleiten über die Kanten des Bilderrahmens und formen den Staub zu einer Kugel, ganz automatisch tun sie es, man tut es, ohne darüber nachzudenken. Immer noch betrachtest du das kleine Polaroidbild, das euch geblieben ist, während du es auf dem Kachelofen platzierst. Und schon wieder: Nicht nur dieses Bild ist geblieben, weit mehr ist geblieben, es ist nicht leicht zu erklären. Du öffnest das verglaste Türchen der Feuerstelle, und die feine Staubkugel zwischen deinen Fingern landet in der kalten Asche. Auf dem Ofen wird das Bild heute bleiben, es ist sein Tag. Der Unterschied zu anderen Momenten im Laufe eines Jahres liegt allein in dieser Handlung, diesem bewussten Weitertragen des Bildes. Denn so verhält es sich, wie es sich in deinem Leben seit mehr als zwei Dekaden verhält: Ende April nimmst du dieses Bild, betrachtest es bewusster als an anderen Tagen, platzierst es auf dem Ofen und räumst es am Tag darauf zurück an seinen angestammten Platz, hinauf auf den alten Schrank, hoch über euren Köpfen. Von dort oben blickt dein Sohn auf euch, begleitet die Familie, die fröhlichen Stunden genauso wie die traurigen Momente, die Liebkosungen wie auch jeden Streit. Oft gleitet dein Blick hinauf zu ihm, einem stillen Gruß gleich oder auch aus Gewohnheit, ganz selbstverständlich ist er einer von euch.

Nun, an diesem, seinem zweiundzwanzigsten Tag, entschließt du dich, an ihn zu schreiben. Du erzählst niemandem davon, erklärst niemandem, nun sei es Zeit, nun sei der rechte Augenblick gekommen, ihm sein Leben zu erzählen. Ihm sein Leben. Ihm seine Biografie. Dieser Gedanke allerdings ist lange in dir gewachsen, lange reifte die Überzeugung, dein Kind habe so etwas wie eine eigene Biografie. Und so nimmst du ein Blatt Papier zur Hand, setzt dich an den Tisch und beginnst mit *Mein lieber Pablo*.

Zwei Orte magst du, wenn du schreibst. Nicht die Bibliothek, kein anderes stilles Zimmer im Obergeschoß, vielmehr ist es zunächst der Küchentisch, euer Zentrum des Hauses, Ort des Essens, des Redens, des Lesens und eben des Schreibens. Gleich unter seinem Bild auf dem Schrank. Und der Garten. Auf der kleinen überdachten Holzveranda neben dem Schuppen, auch dort schreibst du gerne. An eurem Ort des Blickens auf das Werden und Vergehen, ohne dass du ständig an das Vergehen denkst. Nein, daran denkst du nicht. Das Werden fesselt dich, die kleinen Wunder, im genauen Schauen geschehen sie. Du weißt, dass man es lernen muss, dieses Erkennen. Mit den Jahren hast du diesen Ort der Pflanzen zu lieben gelernt, magst den Gemüsegarten, die Blumenbeete, die vielen beerentragenden Büsche, sogar den grau gewordenen Holzzaun magst du. Auch eine Form des Werdens, dieses Grau. Die Veranda ist der Platz, an dem du dich auf das Schauen beschränkst. An beiden Orten des Schreibens bleibst du ablenkbar. Vielleicht deshalb dauert alles lange. Mit der Hand schreibst du, und wenn dich einer fragt, dann antwortest du, es sei die einzig richtige Form für dich, der Kopf sei viel zu schnell, viel zu sprunghaft, die Hand angemessen ruhig.

Die ersten Sätze deines Briefes an deinen Sohn fallen leicht, gehen gut von der Hand, es scheint, als seist du diese ersten Sätze gewohnt, als hättest du sie oft schon formuliert. Doch nur wenige Minuten darauf keimen Zweifel auf in dir, du kennst sie gut, diese immer wiederkehrenden Vorbehalte, die dich seit zwanzig Jahren begleiten, immer dann, wenn du versuchst, das Unerzählbare in Worte zu gießen. Lange schon martert dich das Entgleiten der Sprache, längst schon verursachen die auf weiße Blätter gedruckten leeren Worthülsen Gefühle des Ekels in dir, verzweifelst du an den dürftig anmutenden Erklärungen, den Rechtfertigungen und detailreichen Betroffenheitszeilen. Alles unangemessener Irrsinn, denkst du. Sprache ist dir entglitten, deine Worte klingen leer, unangebracht, der Sache wenig gerecht. Besonders mit deinen betroffenheitslyrischen Anwandlungen hast du große Schwierigkeiten. Seit zwanzig Jahren, seit den ersten Tagen, in denen es dich drängte, die Geschichte deines Sohnes zu erzählen.

Immer wieder überfallen dich diese großen Zweifel, da es dir stets unbegreiflich blieb. Dennoch weißt du seine Biografie darin ruhend, in diesem unbegreiflichen und zuletzt auch nicht auszulöschenden Dasein. Da gewesen sein. Am Ende blieb stets deine Not der Sätze. Immer und immer wieder wird dir bewusst, dass besonders das Auslöschen geblieben ist. Das Auslöschen deiner Sätze, auch deiner Erinnerungen an die Zeit deines Sohnes. Alles Geschehene wird immer wieder überlagert von der Gewissheit, selbst ausgelöscht worden zu sein. Daher die Zweifel. Du konntest es niemandem erzählen, ohne mitleidige Blicke zu ernten. Blicke, die bald sagten: Sei jetzt still, mach eine Therapie, belästige mich nicht. Du konntest es nicht erzählen, ohne die Stimme jener einen Frau im Kopf, die einmal sagte, es werde schon seinen Sinn haben, dass ihr keine Kinder bekommt, bei einem Mann wie dir. Über diesen Satz wahrscheinlich bist du nie hinweggekommen und du weißt: Sogar zu hassen haben sie euch begonnen für eure Geschichte. Dieses dramatische Urteil hat dich nie losgelassen. Während deine Frau oft weinte. Während du dich verzweifelt darum bemühtest, die Fassade des Glücks und der Freude aufrechtzuerhalten. Du bist nie darüber hinweggekommen, dass du in einer Geschichte gefangen warst, die sonst nur in Romanen zu lesen ist. Ausgelöscht, oft übersehen, nie gehört, von der Außenwelt missverstanden. Und zugleich ging dein Herz über vor Hingabe an genau diese eure Geschichte.

So schreibst du die ersten Zeilen an deinen verstorbenen Sohn. Denn heute, das meinst du zu spüren, heute klingen die Sätze anders. Als hättest du begriffen, wie man über das Unbegreifbare schreiben kann. Wahrscheinlich habe es diese vielen Jahre gebraucht, erzählst du deiner Frau ein bisschen stolz, es habe diese vielen Jahre gebraucht, um zu begreifen, exklusiv an euren Sohn zu schreiben sei die einzig richtige Form, da es die Lesenden ausspare. Heute müssest du eure und seine Geschichte niemand anderem mehr erzählen. Niemand anderem als eurem Sohn selbst. Um ihm zu versichern, dass er niemals, nicht einen Tag in eurem Leben, vergessen worden sei. Dich exklusiv an ihn zu wenden, das nehme keine Rücksicht darauf, wie es sich lese.

Zwei Tage später wirst du dich korrigieren, eurem Sohn von sich zu erzählen sei nur ein erneuter, verzweifelter Akt, es könne niemals gelingen. Eines jedoch bleibe konstant, meinst du, trotz all deiner Verzweiflung: Dein Sohn und du, ihr seid euch nicht nur in jenen allzu seltenen Momenten begegnet, den Jahrestagen, da du sein Bild in deinen Händen hältst, seine Augen betrachtest, seinen kleinen, dünnen Bauch, seine Beine und seine Finger. Ihr seid euch durch all die Zeit – so als stünde sie still – auf vielfältigste Weise begegnet. Wie Hermann Hesse es sagt: dass es in jenen Dingen, auf die es ankommt, die Zeit nicht gibt. Doch auch im spürbaren Fließen vom Gestern ins Morgen bist du keinen Moment ohne ihn geblieben seit jener Nacht im April 1995. So habt ihr euren Sohn mit euch getragen, und manchmal freut ihr euch darüber, dass er in jeder Stadt bei euch war. Beim stillen Besuch der Kirchen, beim Entzünden einer Kerze. In Bratislava, New York, Budapest, London, Hamburg und oftmals Wien genauso wie in vielen italienischen, spanischen, deutschen und natürlich österreichischen Städten. Überall ist er mit euch gewesen, nicht nur zu den großen Ereignissen. Vielmehr kannst du nichts lesen ohne ihn, sobald es um den Tod geht, das Werden und Vergehen. Vielmehr kannst du keine Zeile schreiben über die Liebe, ohne dabei den Tod einzukalkulieren, da dein Sohn wie deine beiden lebenden Kinder, da er wie alle seine Sternenkind-Geschwister die Liebe selbst verkörpert in deinen Augen. Todesruf ist Liebesruf, fällt dir besagter Hermann Hesse ein, und du weißt, wie du diesen Satz zu lesen hast. Der Grad deines Schmerzes bemisst die Tiefe deiner Liebe, die du verloren hast.

Wenn du in der Zeitung blätterst, besonders, wenn es um Kinder geht, denkst du an ihn, beim Vergehen des Lebens in jeder Situation denkst du an ihn, und oft drängt er sich auch ganz unschuldig in deine Sinne. Unlängst erst, als du ein schönes Buch über Menschen im Seniorenheim in deinen Händen hieltest und die Hauptfigur Gedichtzeilen eines dir bis zu diesem Zeitpunkt unbekannten Autors zitierte, Jakobus Cornelis Bloem aus den Niederlanden, da dachtest du an deinen verstorbenen Sohn.

Wenn ich an den Tod denk, kann ich nicht schlafen,
und wenn ich nicht schlafe, denk ich an den Tod,
und das Leben fließt dahin wie ein Fluss,
und jedes Sein ist zum Nichtsein geschaffen.

Während du diese Zeilen gelesen hast, lagst du im Bett, nachts, die kleine Lampe über und deinen Sohn bei dir. *Jedes Sein ist zum Nichtsein geschaffen*, hallte es nach. Du weißt, in einem Seniorenheim geht es oftmals um nichts anderes als die eine Frage, wie lange noch zu leben Zeit bleibt. Die Menschen meinen, erkennst du, allein dies sei fair, das Alter und der Tod seien enge Brüder. *Jedes Sein ist zum Nichtsein geschaffen* war für dich selbst immer schon vieles mehr, meinte nicht nur das Altern und Sterben. Sofort also dachtest du an ihn in dieser Nacht mit dem

Buch in der Hand, erneut kam er dir unvermittelt in den Sinn, da du nichts lesen kannst, ohne seinen Namen zu denken. Er ist du, so wie auch sein lebender Bruder, wie auch seine lebende Schwester ein Stück weit nichts anderes sind als du.

Kinder kommen auf die Welt und werden von ihren Eltern geprägt und geformt. In eurer Geschichte aber, da verhält es sich anders, das schreibst du in deinem ersten Brief an ihn, an diesem seinem Tag: Manchmal kommen Kinder nicht auf die Welt, um ihre Eltern zu erziehen. Eure toten Kinder formen euch seit ihrer Geburt, die zugleich ihren Tod markiert, euch alle, du weißt es mit Sicherheit, und aus dir selbst hat besonders Pablo einen vollkommen Anderen gemacht. Das kannst du mit großer Bestimmtheit notieren. Einen gänzlich Anderen hat er aus dir gemacht. Er ist die Matrix, auf der sich euer Leben abspielt. Denn immer war er bei euch, er ist es jetzt, in deinem Blick zurück auf euer und sein Leben: Als sein älterer Bruder eingeschult wurde und ihr daran denken musstet, dass er nun in den Kindergarten kommen würde, da dachtet ihr an ihn. Als seine jüngere Schwester den ersten Schultag vor sich hatte und ihr erstaunt bemerktet, dass er bereits in die dritte Klasse gekommen wäre, da dachtet ihr an ihn. Als sein Bruder bei den Jugendlandesmeisterschaften im Kunstturnen den ersten Platz errang und ihr darüber nachdachtet, dass er nun auch auf dem Rasen im Stadion stehen hätte können, da dachtet ihr an ihn. Als seine Schwester im Jazztanz auf einer Bühne beklatscht wurde und ihr vermutet habt, er hätte das mit seinen vierzehn Jahren wahrscheinlich als ziemlich entbehrenswert empfunden, da habt ihr gelächelt über eure Unterstellung. Er ist immer ein wichtiger Teil von euch gewesen, das weißt du.

Doch es ergeht ihm, wie es den meisten Sternenkindern ergeht: Von der Außenwelt – seien es die Verwandten, seien es die Bekannten – blieben euer Sohn und seine Geschwister fast unbemerkt, schrumpfte ihr Sterben zum bedauerlichen Zwischenfall. Wenn jemand von einem Sternenkind erfährt, zieht das den natürlichen Reflex des Bedauerns nach sich. Der Bekannte bedauert die Mutter, den Vater, bedauert das Ende einer Vorfreude. Doch bald schon schrumpft das Ereignis zu einem lästigen Faktum, das nicht zu ändern ist und möglichst vergessen werden soll. Besonders von den Betroffenen soll es vergessen werden. Oder sie sollen schweigen, damit alle das Gefühl haben dürfen, sie seien wieder die fröhlichen, positiven Menschen, die sie waren. Dabei jedoch wird Frohsinn mit Oberflächlichkeit verwechselt. Das allein aber wünschen sich die anderen. Um den Schmerz möglichst rasch zu lindern, wendet sich der Freund, der Bekannte trügerischen Floskeln zu. Betroffene hören dann, sie sollen nach vorne blicken, hören vielleicht sogar, sie sollen froh sein.

Doch da seid ihr. Alles, was deiner Frau und dir vor dem Dasein eures Sohnes und seiner Geschwister bemerkenswert oder gar schlimm erschien, verblasste in ihrem Schatten. Nichts konnte die Tragik des Geschehenen je überbieten. Was euch bis zu dieser Zeit berührte, was üblicherweise diskutiert wurde unter Bekannten, konnte euch nicht mehr in gleicher Weise berühren. Für euch lagen im Tod eurer Kinder die wirklich dramatischen Antworten auf das Leben, lag die Richtschnur des Bedeutsamen wie des Unbedeutenden.

Dies alles erklärst du deinem Sohn am ersten Tag deiner Briefe an ihn. Es werde kein Tag kommen, an dem ihr dem Ereignis seines Sterbens gleichgültig gegenüberstehen werdet, schreibst du ihm. Der Versprechung einer Geburt steht ihr niemals gleichgültig gegenüber, auch wenn dieses Versprechen fünf Mal nicht eingelöst wurde.

Beim Betrachten des Bildes deines Sohnes an diesem seinem Tag wird dir bewusst, dass gegen diese schlimmsten Augenblicke eures Lebens nicht anzukommen sein wird, dass sie für immer im selben Maße schmerzvoll bleiben werden. Und zugleich bemerkst du, dass du dir wünschst, dieser Schmerz möge niemals abklingen. Er ist der Nährstoff seiner Biografie. Vielleicht deshalb bemerkst du an diesem zweiundzwanzigsten Tag, dass er dich geformt hat, dass er dich erzogen hat. Deshalb vielleicht bist du auch zuversichtlich, es nun begriffen zu haben und endlich an ihn schreiben zu können.

Tagebuch deiner Frau, 12. September 1998

Es war komisch, ich hatte von Anfang an diesen immer wiederkehrenden Traum. Ich wache in meinem Bett nachts auf und alles ist voller Blut, das Baby ist geboren. Es war Mitternacht, als ich dann plötzlich aufwachte, bemerkte, dass ich blutete. Irgendwie war das schon eine Vorahnung gewesen. In den Momenten, als mich die Rettung abholte, wusste ich, ich würde unser Kind verlieren.

In den Tagen nach seinem Tod bist du dir sicher, der Zustand des nicht zu artikulierenden Schmerzes werde nun euer Leben lang anhalten. Eure Welt ist aus den Angeln gehoben worden, alles fühlt sich erdrückend und todbringend an. Literatur, denkst du, beschäftigt sich mit Worten, mit Achtung vor dem Satz. Doch bis heute wäre dir nicht eine annähernd treffende Formulierung eingefallen, die das

Geschehene für Außenstehende passend auszudrücken imstande gewesen wäre. Oft sagt deine Frau über das Jahr nach seinem Tod, es sei vollkommen aus ihrem Gedächtnis gelöscht worden. Sie erinnere sich an gar nichts mehr. Ein Jahr der Bewusstlosigkeit, der ausradierten Momente, der traurigen wie auch der schönen. Alles ausradiert. Zugleich ein Jahr im Dasein seines lebenden Bruders. Du magst dir die Vernarbungen, die geblieben sind, nicht ausmalen.

27. April 2017

Tags darauf sitzt du im Garten, dein erster Brief klingt nach in dir, länger als all deine Zeilen davor, und wie schon oft hast du das Gefühl, das Wesentliche sei ausgesprochen. Vollkommene, schwer wiegende Stille hüllt dich ein. Du bemerkst, kein Grashalm bewegt sich. Als fasse deine Stille nach der Welt. Nicht den winzigsten Luftstoß verspürst du, kein Schmetterling, keine Biene, nicht einmal lästige Fliegen zeigen sich zwischen den Apfelbäumen. Es scheint, als stünde es still, das Leben. Dennoch hörst du das ferne Rauschen der Hauptstraße, dennoch weißt du deine Frau bei der Arbeit im Krankenhaus, dennoch dreht sich die Erde, dennoch gehen die Dinge mit Bestimmtheit ihren Weg. So wie seit eh und je. So wie damals. Und du erkennst: So vielleicht mag es gewesen sein. Stille. Leere. Ruhe und aufgewühlte Trauer in enger Paarung. Alles versank in vollkommener Bedeutungslosigkeit und verharrte für lange Zeit in diesem Zustand, damals.

Während der Trauer, heißt es, durchlaufe man verschiedene Phasen. Erklärungen dazu hast du in Ratgebern gelesen seit jenen Tagen, seit du dich abmühst, die Geschichte deines Sohnes und all seiner ungeborenen Geschwister zu erzählen. Doch es schien dir stets, als sollte der Ratgeber dich, den Trauernden, beruhigen. Als sage dir jemand: Schau, es geht vorbei. Oder: Tu dies, und du begreifst den Schmerz, verhalte dich so, und es fällt leichter, rede dies, und die anderen begreifen, lies das, und du lernst zu verstehen. In den Beschreibungen erfährst du, wer dir in welcher Weise beistehen kann, was bestenfalls gefragt werden soll, wie Tränen zu vergießen sind und dass es gut ist, sie zu vergießen. Immer und immer wieder schmerzen dich diese Ratgeber, da sie dir zeigen, wie unvorbereitet nicht nur ihr beide, sondern die Welt auf zu früh verstorbene Kinder reagiert.

Als du eines Tages in einem der Sachbücher liest, der Tod sei wie das Heraustreten des Schmetterlings aus einem Kokon, da verspürst du Übelkeit und

Groll und bespuckst den Verfasser dieser Zeilen, denn niemals wird eine Analogie wie diese darüber hinwegtrösten, dass du deinen Sohn für immer vermissen musst. Dein Sohn, ein Schmetterling. Absurd, unangemessen, sagst du. Also hörst du damit auf, Ratgeber zu kaufen. Du spürst, dass du keine Anleitung lesen möchtest, die dir sagt, wie man trauern kann und wie mit einem toten Kind zu leben ist. Du spürst, dass es allein deine Sache bleiben muss. Schmetterlinge, Sternschnuppen. Der Tod kennt keine Poesie, sagst du. Du willst dein Aufgewühltsein nicht verlieren. Davon handelt dein Brief an ihn, an diesem stillen Tag im Garten.

28. April 2017

Die einzige geeignete Form einer Äußerung ist, das trotz seines Todes unabänderliche Existieren zu beschreiben, denkst du, während du dich erneut in losen, zutiefst vertraulichen Zeilen, Flügen deiner Gedanken an deinen Sohn wendest. Er ist nicht, und dennoch ist er. Er ist es stärker als dein Großvater, mit dem du dich immer eng verbunden gefühlt hast, auch über seinen Tod hinaus. Dein Sohn ist stärker bei dir als all die anderen Toten deines Lebens. Seine Existenz bedeutet, über ihn in deiner Familie zu erzählen, sein Dasein durch die Schilderung seiner Biografie zu belegen. Oft schon dachtest du daran, dass er aus seinem älteren Bruder einen guten Zeichner gemacht hat. Manchmal sinnierst du darüber, wie anders das Leben des älteren Bruders verlaufen wäre, hätte er, der jüngere, leben dürfen. Du hättest mit deinem lebenden Sohn niemals so viel Zeit in eurem kleinen Kelleratelier verbracht, in all den Wochen, da deine Frau im Krankenhaus liegen oder die Tage bewegungslos auf der Couch im Wohnzimmer vergehen lassen musste. Du hättest, wärt ihr eine *ganz normale Familie* gewesen, deinem lebenden Sohn niemals so viel Zeit gewidmet, vielmehr hätten die Söhne sich die Zeit geteilt und du hättest nicht mit ihm gemalt, gezeichnet und gebastelt. Du erinnerst dich an einen Tag im Leben des Volksschülers, als er von einer Sparkassa einen Preis für eine Skulptur entgegennahm, die ihr in euren Atelierstunden angefertigt hattet. Stolz war er, und schon damals musstest du daran denken, dass schlimme Tage auch unerwartet Schönes hervorbringen.

Während du nachmittags eine Holzwand des Schuppens reparierst, wandern deine Gedanken immer und immer wieder zurück zur Analogie des Schmetterlings. Dein Sohn, ein Schmetterling. Schrecklich, murmelst du mit Schrauben im Mund.

Die einzig geeignete Form, über all eure Sternenkinder zu schreiben, ist die Bezeugung ihrer Biografie, bist du dir sicher während des Hämmerns und Bohrens an deiner Bretterwand. Du weißt, du wirst niemals damit aufhören, von ihnen zu sprechen, und später dann, beim Blättern in einem alten Notizbuch, findest du eine winzige Episode, einen Beweis der Existenz deines Sohnes, eine Episode über die jüngere Schwester. *Das ganze Leben ist ein einziges, großes Gespräch aus vielen Gesprächen. Mehr nicht.* Deine Tochter sagte das, während im Fernsehen eine Kindersendung lief. Du kannst es zitieren, da du diesen Satz der damals Zehnjährigen aufgeschrieben hast und nun, in deinem Brief an den verstorbenen Sohn, auf das Blatt bringen kannst.

Heute, scheint es, liest sich euer Leben wie ein großer Beleg dafür, dass es euren Sohn immer gegeben hat: mit dir, mit deiner Frau und mit seinen Geschwistern. Vielen Menschen, das weißt du, bleibt diese Welt vorenthalten, es scheint dir das passende Wort dafür: vorenthalten. Ein Glücksfall und ein Manko zugleich, Nicht-Betroffene können euren Kosmos wahrscheinlich niemals verstehen. Glücksfall und Manko zugleich, so erzählst du es deinem Sohn. In den großen, oft unerkannten und unergründlichen Rätseln des Lebens hat euer Sohn euch erzogen, hat seine beiden Geschwister geformt. Und irgendwann, lange vergangen schon, während eines Interviews, in dem du gefragt wurdest, weshalb alle deine Erzählungen vom Tod handeln, da hast du, ohne groß darüber nachzudenken, geantwortet: *Wir sind auf der Suche nach Liebe, während der Tod hinter jeder Ecke auf uns wartet.* Du erkennst, auch diesen Satz hat dein Sohn dir geschenkt.

Ihr mit euch
30. April 2017

Es ist kühl. Dennoch holt ihr die Walkingstöcke aus dem Keller und schlagt den Weg ein hinter eurem Haus, der euch auf eine Anhöhe führt.

Während ihr die ersten Schritte in den Wald setzt, fragst du, was euch wohl am traurigsten gemacht hat.

„Bei mir ist es vieles gewesen“, sagst du und widersprichst dir sofort. „Eigentlich eine dumme Frage, es gibt keine Steigerung des Wortes *traurig*.“ Dann und wann schüttelst du tatsächlich den Kopf über deine Fragerei. Am traurigsten. Wie wohl ist das Wort traurig in Wahrheit zu steigern?

„Bei mir war es die Verzweiflung“, hörst du deine Frau sagen.

„Und bis heute andauernde Unbegreiflichkeit“, ergänzt du. „Um das Wort *traurig* zu definieren, damit es zu steigern ist, gibt es nichts Absolutes, an dem man es messen könnte.“

„Die meisten Menschen finden es gar nicht unbegreiflich“, sagt deine Frau. „Sie sehen einen bedauerlichen Sachverhalt: Da wollte ein Kind nicht zur Welt. Da hat sich ein Zellhaufen verirrt. Da war etwas krank. Ein Ding fast.“

„Und basta“, fluchst du. „Dann heißt es, du sollst dich nicht quälen. Und irgendwann heißt es, schau endlich nach vorne. Dann schließlich heißt es, nun ist aber langsam gut.“

Deine Frau sagt nichts darauf. Beharrlich setzt sie Schritt um Schritt den steilen Anstieg hoch.

Oft schon hast du erklärt, man könne natürlich zum Schluss kommen, dass es ein medizinisches Faktum sei. Doch nichts ist gut. Solche Sätze machen dich wütend, haben dich immer wütend gemacht. War ein Kind erst wenige Wochen alt, dann war da doch eigentlich noch nichts. Meinen viele. Und wenn du jemanden sagen hörst, es sei eh nicht zu ändern, du sollest es vergessen, dann ärgerst du dich. Dann fragst du dich, was die anderen schon wissen von dir, von eurem Kind. Von diesem Kloß im Hals. Diesem bedrückenden Gefühl, das nicht weggehen wird. Mit Floskeln ist nichts getan.

Während eurer Runde durch den Wald erörtert ihr die Frage, ob die Menschen auf diese Weise reagieren, da sie vielleicht darauf eingestellt waren, euch bald zur Geburt beglückwünschen zu können.

„Natürlich“, sagt deine Frau. „Auf unserer Station sehe ich viele Menschen, die fröhlich über den Flur auf eine Zimmernummer zusteuern. Das ist ganz normal. Man kommt, um zu gratulieren.“

„Und es ist natürlich leichter“, sagst du, „jemandem zu gratulieren, als in ein Zimmer zu treten und zu wissen, da herrscht jetzt Wortlosigkeit, da ist nun Trauer.“

„Trauer, für die es keinen vernünftigen Satz gibt“, ergänzt deine Frau.

„Den Tod klammern wir aus“, nickst du, „er ist nicht vorgesehen, weder bei uns Eltern noch bei denen, die auf den Glücksmoment mit bunten Luftballons eingerichtet waren.“

Ihr wisst, wenn mit betroffenen Eltern nicht getrauert wird, dann löst das seelische Schmerzen aus. Langanhaltende Enttäuschungen. Und am Ende: Wut und Trauer über die Außenwelt.

Ins Ende der Hoffnung

1. Mai 2017

Einige Tage sind vergangen seit jenen Stunden, in denen du dich entschließen konntest, deinem Sohn zu schreiben. Die Tage haben deine Stimmung verändert. Wie ein zarter Faden umfängt dich das bekannte Gefühl der Bedrückung. Als fielest du zurück in die dunklen Jahre. So benennst du sie manchmal: die dunklen Jahre. Dennoch erscheint es dir notwendiger als alles andere: deinem Sohn ausführlich zu schreiben. Das gerahmte Polaroidfoto hat seinen ihm zugewiesenen Platz zurückerhalten. Hoch oben auf dem alten Schrank steht es, und du bleibst unten. Am Küchentisch sitzt du mit einem neuen Blatt vor dir. Was nun begonnen hat, soll fortgeführt werden. Du willst dich mit deinem ganzen Denken an ihn wenden, eurer gemeinsamen Biografie Zeit schenken, willst nichts anderem Platz lassen an manchen Stunden in den nächsten Wochen, vielleicht Monaten. Auch an diesem 1. Mai wirst du es tun, wirst anderes ausblenden und ein paar Momente nur mit ihm sein. Du weißt, oft verblasste dieser Drang in den vergangenen Jahren nach deinen vergeblichen Versuchen, die richtigen Worte zu finden. Und deutlicher als am ersten Tag bemerkst du, dass es keine Rolle spielt, ob etwas daraus wird. Ob du aufgeben wirst oder nicht. Denn stets blieb euch die Zeit, die du ihm mit deinem Schreiben geschenkt hast. Damit verhält es sich mit ihm, wie es sich mit seinen Geschwistern verhält, jenen, die bei euch sind: Manchmal trefft ihr euch, und es sind dann eure Momente. Es ist, als gäbe es in diesen Zeiten nichts anderes als euch. Es bleibt eure Zeit. So vielleicht verhielt es sich auch immer mit Pablo, wenn du für ihn geschrieben hast, und: wenn du jetzt an ihn schreiben wirst.

Als du damit beginnst, fließen die Worte nur zäh. Es scheint, als seist du nervös. Ängstlich fast. Du ringst um Formulierungen. Deine bekannte Angst vor dem Versagen schwebt über dir, obwohl du weißt, dass es unter euch bleibt, dass es niemand sonst lesen wird. Diesmal, denkst du, diesmal darf es nicht schiefgehen. Nicht noch einmal. So erzählst du ihm von deinem ersten Versuch 1998. Hundertsechzig handgeschriebene Seiten umfasste die Kladde, die hast du mit dir geführt, auch in den Urlaub.

Im Jahr 2000. An einem Strand in Italien wolltest du deine Zeilen an den Sohn ein letztes Mal durchsehen, um sie im Herbst in den Computer zu übertragen. Dann wurdest du ausgeraubt. Dein lebender Sohn erinnert sich noch heute an die Tränen, die du vergossen hast. Wenn er davon spricht, schwingt großes Mitgefühl in seiner Stimme. Tagelang hast du gemeinsam mit ihm den kleinen Badeort durchstreift, auf der Suche nach *Pablos Buch*, wie du es nanntest. Auch daran erinnert sich dein lebender Sohn in vielen Details, erzählt davon, dass du ihn in Müllcontainer gehoben hast und er im Unrat der Hotels wühlen musste. Später sagtest du über dieses Notizbuch, es verhalte sich wohl wie mit einem Bild, das man ungewollt aus der Kamera löscht und von dem man sagt, es sei wohl das beste Foto gewesen, das man je gemacht habe. So bleibt sie heute präsent, deine Erinnerung an frühere Schreibversuche, entsprungen dieser drängenden, wiederkehrenden Not, dich zu äußern. Und stets wurden deine Arbeiten durch das Gewirr der Bedrückung, der Trauer und des Grams beendet. Dennoch hatte besonders der Gram nie etwas mit deinem toten Sohn zu tun, vielmehr betraf er Menschen von damals, Menschen, die Urteile über euch fällten. Noch heute färbt jeder Gedanke an sie deine Trauer bitter, sodass du es allzu gerne bleiben lässt. Nun aber möchtest du, dass es sich anders anfühlt, dass es in deinen Briefen um euch geht, nicht um die anderen. Die Briefe gehören nur euch. Du weißt, du musst keine Rücksicht nehmen, auf niemanden. Du weißt, es ist schwer genug, über das Unsägliche zu schreiben, sogar ganz unter euch. Das Ende soll also nicht dasselbe sein wie bislang: Die Worte sollen dir nicht entgleiten, deine dunklen Gedanken an viele Menschen von damals sollen kein frühes Ende des Erzählens erzwingen.

Gleichzeitig, so ganz unter euch, erscheint dir dein Briefeschreiben paradox. Du erzählst deinem Sohn von sich und weißt doch, dass er alles bereits weiß. Darin liegt ein weiterer Grund, warum einige Tage vergangen sind seit den ersten Zeilen an ihn. Weil du weißt, im Grunde musst du ihm nichts erzählen. Da er alles weiß, da alles schon gedacht und gesagt ist, lange bevor du es auf Papier bringst.

Deine Briefe, deine Gedanken an die Biografie deines Sohnes lassen dich nun in Schubladen wühlen, du ertappst dich dabei, wie du alte Tagebücher durchstöberst, die mit Diagnosen gefüllten Ordner durchblätterst. Du ertappst dich dabei, all das anzusehen, woran du bislang gescheitert bist. Du ertappst dich dabei, etwas zu wiederholen, das du inzwischen ablehnst. Bald liegt ein riesiger Haufen Papier auf deinem Tisch, ein Haufen, der deine

Verwirrung steigert. Du fragst deinen Sohn, womit du dein Erzählen beginnen könntest, all der Dinge, die er schon weiß.

Gleichzeitig wirst du durch die alten Papiere zurückgeworfen. Es erscheint dir plötzlich wichtig, ganz vorne zu beginnen. Mit den Jahren nämlich ist alles verschwommen, ist ineinander übergegangen: Jahreszahlen, die Abfolge eurer Sternenkinder und der geborenen zwei, die Narben der Verletzungen durch andere. Erneut drängt sich Hermann Hesse auf: In den wesentlichen Dingen gibt es keine Zeit. Allein die Liebe zu euren Sternenkindern ist geblieben. 1990, denkst du. Du bist ein junger Mann, seit einem Jahr verheiratet, bist voller Freude über eure Wohnung, in der das kleine, unbenutzte Zimmer bald mit einer Wiege ausgestattet werden soll. Deine Frau ist schwanger, die ersten aufregenden Untersuchungen liegen hinter euch. Du bist voller Enthusiasmus, kannst es kaum fassen, nun tatsächlich Vater zu werden, Verantwortung zu tragen, Carrerabahnen aufzubauen oder Puppenhäuser einzurichten und dein Kind auf dem Rücken Berge hochzutragen. Bis zu jenem Tag, an dem du dich vollkommen unvorbereitet mit Blutungen, die nicht sein sollten, auseinandersetzen musst. Das Bild der Carrerabahn, die Idee des Puppenhauses, alles verblasst sofort. Alles, scheint dir bis zu diesem Tag, ist möglich, und alles wird nach euren Wünschen und Plänen verlaufen. Im Nachdenken über das Geschehene wirst du diesen Gefühlszustand viele Jahre später dem jugendlichen Alter zuschreiben: Das Grässliche geschieht stets fernab, geschieht nicht dir, nicht euch. Deinem Sohn erzählst du in deinem Brief an diesem Tag, dass in jenem Frühling im Jahr 1990 das erste seiner Geschwister gestorben sei. Euer erstes Sternenkind. Zahl in einer Statistik. Eine erste Zahl eurer Biografie. Denn nichts ahnt ihr hinsichtlich des Kommenden.

1990, denkst du und wirfst einen Blick auf das Foto deines Sohnes, hoch oben auf dem Schrank. Du schätzt den Abstand zwischen ihm und dir. Drei Meter vielleicht, maximal. Auch eine Zahl. 1990. Eine Zahl. Was man als Geschenk zu empfinden hat, denkst du, kann man nicht erwerben. Wie viele Menschen in eurer Heimat seid ihr es 1990 gewohnt, alle möglichen Wünsche erfüllt zu bekommen. Erst mit zunehmendem Alter wirst du beim Schlendern durch die Einkaufszentren dieser Welt erkennen, wie überwältigt du bist angesichts des unermesslichen Angebotes, das dir dort entgegenschlägt. Alles ist planbar. Alles kann gekauft werden. Und viele Jahre später, wenn du mit deiner Frau und deiner Tochter im *Kaufhaus des Westens* in Berlin sein wirst, wird dir eine vergoldete Zahncreme begegnen.

Mit 23,75 Karat. Gold, das entzündungshemmend wirken soll. Und wiederum bald darauf wird dir auffallen, dass ihr in sauberen Hotelbetten gelegen seid. Und dass ihr euch alles hättet kaufen können. Du wirst eine kritische Notiz verfassen, in der es darum geht, dass sich die Menschen damit beschäftigen, ob sie Heumilch oder Weidemilch trinken sollen. Oder überhaupt keine Kuhmilch. Du wirst notieren, dass dir der Unterschied gänzlich egal sei. Du wirst es deinem Sohn erzählen. Die Menschen, wird dir deutlich an diesem Morgen im Mai, beschäftigen sich ohne großen Unterschied mit der Frage, wann sie Urlaub machen sollen, wie mit der Frage, wann das erste Kind ideal wäre.

1990. Mit deinen sechsundzwanzig Jahren bist du vollkommen unvorbereitet auf euer erstes Sternenkind. Und doch ist dieses Sternenkind das erste Lebewesen auf eurem Weg ins Erwachsenwerden. Während du an diesem Tag nun an deinen Sohn schreibst, erzählst du ihm, dass du dich mit fünfzehn Jahren schon erwachsen gefühlt hast, dass du an dein Selbstbewusstsein denkst mit achtzehn, mit zwanzig, und an deine Courage mit vierundzwanzig. Stets dachtest du, alle möglichen Antworten auf das Leben geben zu können. Die Erschütterung durch euer erstes Kind, deine erste Tochter vielleicht, deinen ersten Sohn, macht einen anderen aus dir, nur erkennst du es in deiner unreflektierten Naivität noch nicht. Du reagierst, wie viele Menschen darauf reagieren: Du beschäftigtest dich weiter damit, euer gemeinsames Leben zu entwerfen, und bildest dir sogar ein, damit eine gute Basis für Kinder zu schaffen. Doch das drohende Ende deines Verwöhntseins ist nicht angenehm, notierst du über dieses Jahr 1990.

2. Mai 2017

Die vergangene Nacht hast du ruhelos verbracht. Deine Frau weiß, dass du oft unruhig schläfst, wenn es ans Schreiben geht. Du bist genervt. Jede Form der Alltagsarbeit wirkt jetzt störend. Du verschiebst einige Termine und setzt dich auf die Holzveranda. So verharrst du eine Weile und schaust. Die Veranda, dein Ort des Schauens. Bald macht sich deine Frau im Blumengarten zu schaffen, gleich unter dem einen eurer beiden Apfelbäume. Davon willst du deinem Sohn auch erzählen, in einem späteren Brief. Die Apfelbäume kommen zum Schluss, sagst du. Du weißt, dass Pablo weiß, dass sie am Schluss kommen. Während du deiner Frau dabei zusiehst, wie sie ein Beet umgräbt, geschäftig, konzentriert, erreicht dich ein starkes Bild: Sie ist weiß gekleidet.

Sie geht einen breiten Flur entlang, dann bückt sie sich und greift nach einem Kinderspielzeug. Du hast ein Gitterbett bei dir, schiebst ein Kind hinter ihr her. In diesem Moment damals wirst du vollkommen vom Gedanken erfasst, dich mit dieser Frau zu verabreden. Doch fehlt dir der Mut. Sie ist Krankenschwester, du Zivildiener. Als sie dich anspricht, des Kindes im Gitterbett wegen, bleibst du fast wortlos. Erzählst du deinen Freunden davon, glaubt niemand, dass der, den sie kennen, wortkarg sein soll. Doch in letzter Konsequenz warst du es immer. Nur du weißt das. Nach außen hin bist du laut, selbstbewusst, sprühst vor ungewöhnlichen Ideen. Nun aber steht sie dir im Weg, deine Schüchternheit. Deine Unsicherheit ärgert dich. Du sprichst mit anderen Pflegern über sie, im Grunde sprichst du nur noch von ihr. Und bald darauf erfährst du, dass ein Rettungssanitäter dieselben Absichten hegt wie du. Du weißt, nun drängt die Zeit. So fasst du ein letztes Quäntchen Mut und sprichst sie an. In ihrem Schwesternzimmer. Sie hält ein Baby auf dem Arm, gibt ihm die Flasche. Dieses Bild hast du bis heute nicht vergessen.

An diesem Tag im Garten schreibst du deinem Sohn, du habest seine Mutter kennengelernt in einer Zeit, in der niemand an deine Träume geglaubt habe. Du seist, schreibst du, ein verrückter Filmemacher gewesen, sie eine Kinderkrankenschwester, eine Frau, die Babys ebenso liebte wie du. Diese Frau habe dich vom ersten Tag an verstanden wie kein anderer Mensch. Deshalb, erinnerst du dich, bist du am dritten Tag nach eurem ersten Gespräch bei ihr eingezogen. Hast Pläne mit ihr geschmiedet. Du erzählst deinem Sohn von jenem Moment, in dem du aussprachst, du hättest gerne fünf Kinder mit ihr, und sie lachend entgegnete, zwei seien auch in Ordnung. Wie recht ihr beide behalten habt, mit den Zweien, mit den Fünfen. Manchmal dachtest du später, die fünf toten, das seien die deinen.

Die traurigen Tage nach Pablos Verlust, erkennst du nun, während deine Frau im Blumengarten arbeitet, schweißten euch weder enger zusammen noch trennten sie euch in irgendeiner Weise. Im darauf folgenden Jahr, in dem ihr geduldig bleiben sollt, wie man euch sagt, da sprecht ihr manchmal davon, dass es unfair sei, wenn andere Paare Kinder bekommen, es euch hingegen vorenthalten bleibe. Alle eure Bekannten sind inzwischen Eltern geworden. Deine Frau notiert später, sie habe zu dieser Zeit jeden Kinderwagen in der Stadt registriert.

Im Frühling darauf wird sie operiert, man sagt, es helfe, um schwanger zu werden. Im darauf folgenden Herbst freut ihr euch über eine Schwangerschaft. Mit den ersten Blutungen in der fünften

Schwangerschaftswoche überfällt euch schreckliche Angst, dasselbe noch einmal zu erleben. Deine Bilder von Carrerabahnen und Puppenhäusern bleiben gelöscht. Zwei Wochen nach den ersten Blutungen wird deine Frau in den Operationssaal geschoben. Du erinnerst dich an die hellgrünen Kacheln auf dem Flur. Euer zweites Sternenkind. Und schlagartig steigen eure Verzweiflung und Angst steil an. Es bleibt, wie es bereits beschrieben ist: Auf den Tod seid ihr nicht vorbereitet. Immer noch nicht.

Das Leben, begreifst du in diesem weiteren Jahr auf dem Weg ins Erwachsenwerden, lehrt Schreckliches. Diese Zeit markiert dein Ende der unreflektierten Naivität und schleudert dich in einen Strudel verzweifelten Nachdenkens. Deine Not löst du durch Aktionismus. Du beginnst dich sozial zu engagieren und veränderst dich beruflich, kümmerst dich um Drogenkranke und produzierst experimentelle Kunstfilme. Zunehmend drängt es dich, etwas Sinnvolles zu machen. Etwas, das tatsächlich Bedeutung für dich hat und vielleicht sogar Bedeutung über den Tag hinaus. Dennoch findest du keine Antwort darauf, fühlst dich schlecht und hast zunehmend das Gefühl, bald sterben zu müssen. Du fühlst dich dem Tod näher als dem Leben. Viele Stunden verbringst du in den Wartezimmern der

Ärzte deiner Umgebung. Während einer Untersuchung wird dir gesagt, mit deinem Lebenswandel, den langen Arbeitszeiten, deiner Ernährung, deinem Umgang mit Alkohol und Nikotin, werdest du das vierzigste Lebensjahr nicht erreichen. Du sagst, dass du das ebenso fühlst, und fragst, was zu tun wäre. Als der Arzt aufzuzählen beginnt, wie du deine Freizeit verbringen sollst, lehnst du Fahrradfahren ab, auch Joggen und Schwimmen. Zu diesem Zeitpunkt weißt du noch nicht, dass du wenige Jahre darauf ein akzeptabler Berg- und Marathonläufer sein wirst. Als du ihn fragst, ob ein Hund eine Möglichkeit wäre, bejaht er und meint, es müsse ein großer sein, einer, der dich zwinge, jeden Tag drei Stunden im Freien zu verbringen. Du versicherst, immer schon einen Hund gewollt zu haben. Deine Frau nicht, dennoch fährt sie mit dir nach Norddeutschland, einen vollen Tag hindurch, um einen Hund abzuholen, einen, den du dir ausgesucht hast. In diesem fraglosen Miteinander, erkennst du später, ist jenes Band zu erkennen, das eure Beziehung durch alle Jahre weitergetragen hat. Fraglosigkeit. Ein Band, das noch benötigt wird. Aber auch das weißt du zu diesem Zeitpunkt nicht. Deinem Sohn schreibst du an diesem Tag, dies alles habe dich vielleicht erst vorbereitet auf ihn.

Tagebucheintrag, 14. Juli 1991

Ein kleines Stück des Weges sind wir gegangen. Unsere Begleiter sind Glücksmomente, Augenblicke des Lachens, unendlich viele gemeinsame Schritte und auch leidvolle Stunden. Wir atmen. Da ist unser Reden, auch wenn es manchmal weniger geworden ist. Da ist unser Lachen, auch wenn die Tage manchmal grau sind. Wenn du gehst, warte ich auf deine Wiederkehr.

In diesen Wochen und Monaten versuchst du dich darauf einzustellen, dass in eurem Leben vielleicht niemals ein Babylachen zu hören sein wird. Deine Projektionen, deine Wunschvorstellungen und Ideen beginnen zu bröckeln. Du bemerkst das schmerzvolle Ende deines Verwöhntseins, dennoch hast du nicht die geringste Ahnung, wie es weitergehen könnte. Inzwischen nämlich hast du keine Antworten mehr auf das Leben, du hast keine Ideen mehr, keine Visionen. Du steckst fest, und andere bestätigen, dass du feststeckst. Es heißt, eine Frau, die einen Kinderwunsch hege, könne sich mit der Erkenntnis, keine Kinder haben zu können, nicht zurechtfinden, könne sich ein Leben ohne Baby nicht vorstellen, während im Lebensentwurf eines Mannes Kinder nicht unbedingt vorkommen müssten. Das allerdings willst du nicht akzeptieren, gleichzeitig vermisst du eine Idee, wie es zu ändern wäre, außer humorvoll zu bleiben und zuversichtlich. Mit aller Kraft strebst du nach dieser Zuversicht. Du weißt um die starke Verbindung zu deiner Frau, dieser unauslöschlichen Verbindung, sodass es zu ertragen wäre, niemals eigene Kinder zu haben.

3. Mai 2017

Es war nur Tagwerk, bemerkst du an diesem Abend ein wenig abfällig, als das Störende endlich hinter dir liegt. Deine Arbeit in der Werbeagentur: Tagwerk. Es gefällt dir nicht, so zu denken, weniger noch, so zu sprechen, dennoch wehrst du dich nicht. Deinen Kindern hast du beizubringen versucht, man solle beruflich tun, was man von Herzen liebe, da man es ein Leben lang tun müsse. Dennoch nennst du es heute Tagwerk, als du nach Hause kommst: Menschen, die du anrufen musstest, Menschen, die dich anriefen, Menschen, für die du da bist, in Fotografien, in Designskizzen, in Texten über das Glück, Texten über die Freude, Texten über Dinge, die sie anbieten und die jeder haben soll. Tagwerk. Mehr kann es im Moment nicht sein für dich, es wirkt störend, steht dir unangenehm im Weg, da es die Klarheit deiner Gedanken trübt. So ging es dir immer schon, wenn du damit begonnen hast, eine Geschichte in ein Buch zu gießen. Allein euer Tisch im Garten stand während der fast elf vergangenen Stunden vor deinen Augen. Du weißt, nun ist deinem toten Sohn das Wesentliche zu erzählen, versäumst du diese Tage, so versäumst du Wochen, Monate, Jahre. Auch das war immer schon so: Drängt eine Erzählung an die wahrnehmbare Oberfläche deines Geistes, *den Hanswurst deiner Seele*, wie du ihn nennst, so muss sie abgeschöpft werden, ansonsten versinkt sie wieder im Dunkel deiner Sprachfähigkeit. Dann fallen dir Sätze nicht mehr zu. Das Wesentliche, pochte es also den ganzen Tag in dir, das Wesentliche ist zu erzählen. Jetzt. Wir verbringen zu viel Zeit mit unnützen Dingen, sagst du zu deiner Frau an diesem Abend, und zugleich, weißt du, finanziert dieses Unwesentliche das Wesentliche. So sprichst du und streichelst dabei eine der zwei Katzen, die in eurem Haus leben. Mit ihrem Fell unter deiner Hand kommt dir dein Schäferhund in den Sinn. Das große weiße Tier, immer an deiner Seite. In all den schweren Jahren.

Ende 1991, an der Schwelle zur nächsten Unsäglichkeit. So schreibst du an diesem Abend an deinen Sohn. 1991. Du gehst mit dem Hund spazieren. Sehr viel gehst du spazieren. Ihr feiert Weihnachten.

Du schreibst für deine Frau. Füllst Tagebuchseiten. Dann 1992. Ein entglittenes Jahr. Das wird dir an diesem Abend bewusst, während du vom Garten in die Küche wechselst und die Tagebücher erneut vor dir stapelst.

Lieber Pablo!

Unlängst las ich, die Feministinnen der Siebziger- und Achtzigerjahre hätten Kinder eher als Hemmnis denn als Bereicherung angesehen. Es sei nicht schick gewesen, in die Mutterrolle zu schlüpfen. Ein Kind sei kein Glücksfall, meinten sie. Uns und unserem Bekanntenkreis war diese Vorstellung eher fremd, allerdings lebten wir auch nicht in einer Metropole des Feminismus. Wir lebten tief in der Provinz.

Wie du weißt, habe ich deine Mutter im städtischen Krankenhaus kennengelernt. Damals musste ich viele Frauen in die Operationssäle bringen. Das allein war meine Aufgabe: Menschen in ihren Zimmern abzuholen und in ihren Betten zu den Operationssälen zu schieben. So fuhren auch Dutzende Patientinnen mit mir im Lift nach unten. „Curettage" stand viele Male auf der OP-Tafel. Dieses Wort hatte ich bis zu meinem Zivildienst noch nie gelesen. Unter jenen Menschen, denen ich zugeteilt war, galt es nicht mehr und nicht weniger als jede andere Operation, die jeden Tag durchgeführt wurde. Man sprach hier nicht über Hintergründe. Man sprach über das Tagwerk, den Reinigungs-

plan, die Wartezeiten und vor allem: das Ende des Arbeitstages. „Noch drei Curettagen", konnte da gesagt werden, „dann gehen wir auf einen Kaffee." Manche der Frauen weinten im Lift. Ich versuchte sie zu trösten, indem ich mit möglichst ruhiger Stimme meinte, es sei nicht schlimm, es sei bald vorbei. Dass ich damit genau das Falsche sagte, konnte ich nicht wissen. Gleich vorbei. Ja, müssen sie gedacht haben, dann ist es endgültig. Später wusste ich das. Ich sah es in den Tränen deiner Mutter. Darüber musste ich gestern Abend nachdenken, nachdem ich dir geschrieben hatte.

1992. In derselben Art, wie du den Frauen auf dem Weg zum Operationssaal begegnetest, so begegnen euch inzwischen die meisten Menschen. Nach Curettagen hört auch ihr, nun sei es überstanden. Eure Bekannten füllen ein kleines *ja* in das Gesagte: Nun sei es ja überstanden. Ausdruck des Wunsches nach Beendigung eurer deprimierten und damit deprimierenden Gefühlslage. Nun sei es ja überstanden. Nicht: Nun ist die Operation überstanden. Das würde weiterführen, in die Frage vielleicht, wie es euch nach der Curettage gehe. Ein *ja*, das schmerzt. Schlimm wird es, wenn ihr hört, es sei ja alles nicht so schlimm. Ihr solltet nach vorne blicken. So als wäre nichts gewesen, denkt ihr. Und manche meinen es gut und sagen, es werde wieder. Ihr wisst, nichts wird: Denn dieses eine Leben darf nicht sein. Daran, wisst ihr, ist nicht zu rütteln.

Menschen, die Trost spenden wollen, das weißt du inzwischen, sagen das Falsche. Sie können nichts dafür, entschuldigst du sie. Im Lift mit den vielen Frauen auf dem Weg zur Curettage, da wusstest du es ebenso wenig. Du wusstest gar nichts, sagst du. Später dann dachtest du oft: Wäre ich nur still geblieben. Heute denkst du: Die Erinnerung an deinen Zivildienst zeigt, wie das Krankenhaus damit umging. Niemand hatte dir erklärt, dass Curettage in den meisten Fällen bedeute, eine Schwangerschaft sei zu Ende. Es erschien vielleicht niemandem erwähnenswert, warst du doch nur der Zivildiener, der Menschen in den Bereich der Operationssäle zu bringen hat.

Als 1991 euer zweites Kind stirbt, müsst ihr begreifen, dass eure Entscheidung, Kinder haben zu wollen, nicht automatisch damit verbunden ist, Kinder auch zu bekommen. So sehr ihr es wünscht, so sehr spricht die Realität eine andere Sprache, und ihr begreift: Es gibt kein Recht auf Kinder. Sie bleiben ein Geschenk. Dennoch seid ihr jetzt, 1992, bereit, etwas dafür zu tun. Ihr reiht euch ein in jene tausenden Paare, die sich nicht scheuen, große Strapazen auf sich zu nehmen. Ihr beschließt, euch in der Universitätsklinik Innsbruck untersuchen zu lassen.

Sie sagen euch, man müsse nüchtern zur Untersuchung kommen. So kriecht ihr mitten in der Nacht aus dem Bett und macht euch mit dem müden und verwirrten Hund auf den Weg nach Innsbruck. Um sieben Uhr sollt ihr dort sein. Ihr erreicht die Ambulanz eine Stunde früher. So wartet ihr zwei Stunden, dann drei, dann vier. Irgendwann sprichst du eine Krankenschwester an. Sie wundert sich, warum ihr noch nichts gegessen habt. In einer Cafeteria teilt ihr euch ein Nussgebäck, der bittere Geschmack hat sich in dein Gedächtnis eingebrannt. Ein trauriges Essen zwischen Hoffnung und dunklen Gedanken. Es fühlt sich falsch an, hier zu sein. Irgendwann an diesem Vormittag betten sie euch auf dick gepolsterte Liegen, getrennt durch einen Vorhang. Du bittest darum, deine Frau sehen zu dürfen. Sie ziehen den Vorhang zur Seite. Das Lächeln deiner Frau, unter traurigen Augen. Krankenschwestern hantieren an euren Unterarmen. Siebzehn Vakuumröhrchen füllen sich. Ihr lacht viel dabei, vielleicht, um gegen die Verzweiflung anzukämpfen. Dennoch fühlt ihr euch leergesaugt. Am Nachmittag sollt ihr zum Gespräch erscheinen. Also geht ihr spazieren, der Hund freut sich und schwänzelt besonders heftig, so als wolle er euch trösten.

Sehr lange sitzt ihr in einem neonbeschienenen Flur vor einer der unzähligen Türen. Ständig denkst du an deinen Hund im Auto. Schließlich bittet euch eine Ärztin zum Gespräch. Sie sitzt hinter einem mächtigen Schreibtisch, studiert die Unterlagen auf der Gummimatte vor sich und wirkt wenig hoffnungsfroh. Dann meint sie, man solle in Erwägung ziehen, sich damit abzufinden, nicht kompatibel zu sein. *Man* und *sich* meint euch beide. Gegebenenfalls sei im Falle eines drängenden Kinderwunsches konkret darüber nachzudenken, sich zu trennen. Kühl, sachlich und damit weitreichend emotionslos blickt sie euch an. Natürlich schimpfst du mit ihr, wie sie dazu komme, so etwas zu sagen. Sie entschuldigt sich nicht, meint, ihre Aufgabe sei es, realistisch zu sein. In einem anderen Behandlungszimmer händigen sie euch einige Spritzen aus.

Zu Hause sollst du deiner Frau jede Woche Blut abnehmen. Du rammst ihr dicke Nadeln in den Unterarm, sie erträgt deine Pfuscherei. Einige Wochen vergehen. Die Tortur bringt kein Ergebnis. Eine Diagnose bekommt ihr nicht. Stattdessen erhält euer Hausarzt eine Mitteilung der Universitätsklinik, das Prozedere müsse wiederholt werden, die Blutproben seien verloren gegangen.

Natürlich wollt ihr das nicht. Auch für deine Frau fühlte es sich falsch an. Also sucht ihr nach Alternativen. Deine Frau wird von einem Gynäkologen in eine Hormonbehandlung geschickt. Erneut anstrengende Wochen, in denen deine Frau von heftigen Wallungen gebeutelt wird. Der Gynäkologe meint, da müsse sie durch. Sie hält es zwei der sechs vorgeschriebenen Monate aus.

Die wirklichen Strapazen hat deine Frau auf sich genommen, das schreibst du deinem Sohn am Abend dieses 3. Mai. Die Verzweiflung über deine weitgehende Machtlosigkeit, schreibst du, habest du immer für dich behalten. Eure Kinderlosigkeit löste Scham aus, erzählst du ihm, auch Scham über deinen lächerlichen Beitrag, die Untersuchung beim Urologen. Zurück bleiben Trauer und Verzweiflung. Euer Kinderwunsch ist zur körperlichen und psychischen Strapaze geworden. Ihr steckt in jenem Teufelskreis, von dem ihr bis zu dieser Zeit nur gehört oder gelesen habt. Ihr befindet euch mittendrin, ganz real, Tag wie Nacht, Minute für Minute. Es gibt keine Pause. In dieser Zeit kommt ein guter Freund regelmäßig zu Besuch und legt deiner Frau die Hände auf. Du glaubst nicht daran, doch man sagt, er habe magische Hände. Wenn es nicht helfe, meint deine Frau, dann schade es auch nicht. Dir gefällt, dass er mit euch leidet. Dennoch wird es zunehmend schwerer, euren Alltag zu leben. Die Annahme, das Leben sei planbar und verlaufe geradlinig, wenn man es sich nur wünsche, begrabt ihr in dieser Zeit. Für immer. Das hat sich bis heute nicht geändert. Tatsächlich nichts ist planbar, eine wichtige Lektion auf eurem Weg ins Erwachsenwerden.

Du selbst gleitest in diesen Monaten vollkommen in die zweite Reihe. Als Mensch wirst du ausgelöscht, das vollzieht sich unauffällig. Du bemerkst es zunächst nicht einmal selbst. Irgendwann bist du einfach weg, es wird lange anhalten. Glücklicherweise weißt du es nicht. Für viele Jahre wirst du verschwinden. Es wird dich fast vernichten. Die Medizin beschäftigt sich mit dem Uterus und den Eierstöcken deiner Frau, deine Bekannten meiden das Thema oder begnügen sich damit, nachzufragen, wie es deiner Frau gehe. Oder sie sagen dir, du müssest nun besonders auf sie achten. Als würdest du das nicht tun. Doch *so tun als ob* fällt dir zunehmend schwerer. Und so wirkst du für dein Umfeld nicht mehr so unbedarft, für deine Bekannten vielleicht nicht mehr so liebenswert wie früher. Doch niemand spricht mit dir – über dich. Niemand fragt, wie es dir geht. Allein das Entschwinden deiner Lachfalten wird dir gespiegelt. Es ist abzulesen an den zynischen und manchmal bösen Kommentaren eurer Bekannten. Einen Vertrauten, einen Freund hast du schon lange nicht mehr.

So gehst du mit dem Hund spazieren. Als dein Großvater stirbt, gehst du mit dem Hund spazieren. Als deine Großtante am Grab deines Großvaters wegen deiner Aufmachung mit dir schimpft, gehst du mit dem Hund spazieren. Als sich Bekannte zum tausendsten Mal lustig machen über deine künstlerische Arbeit, gehst du mit dem Hund spazieren. Als sich die Therapeuten und Sozialarbeiter an deinem Arbeitsplatz über Dinge streiten, die dich nicht mehr interessieren, gehst du mit dem Hund spazieren. Ständig machen Menschen, die nichts über euch wissen, Bemerkungen über eure Kinderlosigkeit, du gehst mit dem Hund spazieren. Als ein enger Verwandter sagt, wahrscheinlich seist du zu dumm, ein lebensfähiges Kind zu zeugen, gehst du mit dem Hund spazieren. Gewünscht kinderlose Paare, erlebst du in dieser Zeit, sind ein Skandal, ungewollt kinderlose Menschen werden nicht nur tabuisiert, sie werden in schlechten Witzen verhöhnt. Du gehst mit dem Hund spazieren.

Ihr mit euch
4. Mai 2017

Am späten Nachmittag greift ihr nach euren Walkingstöcken und schlagt den Waldweg hinter eurem Haus ein. Man hat nach wenigen Minuten einen herrlichen Blick über die Stadt. Ihr liebt diesen Blick auf das Talbecken, die Weite des Südens, den kleinen Hausberg im Zentrum.

Deine Frau schnauft. Du schnaufst. Es ist schön.

Plötzlich schießt dir die Frage durch den Kopf, warum ihr nicht eine Weltreise gemacht habt. Oder euch ein tolles Auto anschaffen wolltet, oder einen Swimmingpool. Warum macht man sich solche Sorgen?

Deine Frau schüttelt den Kopf und meint, ein Swimmingpool im vierten Stockwerk eures Wohnhauses sei absurd.

Du lachst.

„Weil es nichts genützt hätte“, sagt sie dann. „Weil es nicht geholfen hätte.“

Darüber seid ihr euch einig, während ihr von der Aussichtsplattform hinter einer kleinen Bergkirche aus das Panorama der Stadt und die zunehmende Dämmerung bewundert. Nichts Materielles hilft, das wisst ihr natürlich. Eure Kinderlosigkeit stellte die bedeutsame und große Frage, was ihr mit eurem Leben anstellen solltet.

„Ich hatte keine Ahnung", sagst du.

„Ich auch nicht", sagt deine Frau. „Es war und bleibt mir unvorstellbar."

Euer Beziehungskonzept, euer ganzes Sehnen galt der Gründung einer Familie, darüber wart ihr euch immer einig. So ganz ohne Kinder schien dieses Konzept zu scheitern. Dennoch wolltet ihr der Ärztin aus der Universitätsklinik nicht beipflichten, wolltet nicht darüber nachdenken, euch zu trennen. *Doch was nun*, fragtet ihr euch, was nun anfangen mit dieser Beziehung?

Es schien, als müsstet ihr euch klar darüber werden, wem ihr eure Lebenszeit widmen wolltet. Die Zeichen sprachen dafür, dass euch alle grundgelegten Aufgaben des Daseins verwehrt bleiben würden. Nachkommen sind diese grundlegende Bestimmung des Menschen, sagtet ihr.

Aber es schien in Stein gemeißelt, eure Sehnsucht nicht aufzugeben, eine eigene Familie zu haben.

Ihr betretet die Kirche und zündet vier Kerzen an. Für deinen Großvater, für Pablo, für den Bruder und die Mutter deiner Frau.

„Als zu dieser Zeit eine meiner Arbeitskolleginnen meinte“, sagst du, während ihr den dunklen Waldweg zurück ins Tal einschlagt, „man müsse bei Kinderlosigkeit nach gemeinsamen Interessen suchen, nach Neigungen, die stark verbinden, man müsse den Sinn hinter der Kinderlosigkeit entdecken, da dachte ich, dass es das nicht gewesen sein kann.“

„So ging es auch mir“, hörst du deine Frau vor dir sagen.

4. Mai 2017

Du hast gelernt, die Tatsache zu akzeptieren, dass jede Erzählung bruchstückhaft bleibt. Die vergangenen Tage haben dich in den düsteren Strudel unangenehmer Erinnerungen zurückgeworfen. Du bemerkst, wie sehr es in der Natur des Menschen liegt, das Schreckliche, das Zermürbende von sich zu schieben. Du begreifst ein weiteres Mal, weshalb das Schreiben immer wieder enden musste: Du konntest nichts entdecken, das tatsächlich erzählenswert gewesen wäre. Worte über die Hoffnung beispielsweise. Du bemerkst, dass es im Grunde keine guten Zeiten für dich gibt, die man gerne am Stammtisch austauscht. Zugleich macht es dir nichts aus, dass es sie nicht gibt. Sie fehlen einfach. Wann immer sich andere Menschen ähnlichen Alters an nostalgischen Erinnerungen erfreuen, bleiben die Zeiten, über die sie sprechen, für dich mit Bitterkeit behaftet, mit einem Schatten, der nicht erhellt werden kann. Seit diesen Jahren lenkst du deinen Fokus auf Dinge, die dir besonders wichtig erscheinen: Das Bittere zieht dich an im Forschen nach einer Antwort auf das Drama, eine wohltuende Geste vielleicht oder auch eine heilsame Begegnung.

An diesem 4. Mai holt dich deine Frau aus dem Atelier ab. Ihr wollt eine Runde gehen, wollt noch Zeit miteinander verbringen. Ihr sitzt im Auto und sie fragt, wie es dir im Schreiben ergangen sei.

„Wie konnten wir diesen ganzen Wahnsinn überleben?“, fragst du.

Sie lächelt gelassen, während sie den Wagen durch den abendlichen Stadtverkehr lenkt, und meint, sie habe keine Ahnung.

„Fünf Kinder, wir müssen verrückt gewesen sein!“, rufst du aus.

Sie lächelt.

Es habe doch tatsächlich über viele Jahre hinweg nichts Hoffnungsfrohes gegeben, das euch am Leben erhalten habe, sagst du.

Später lassen dir die Zeilen aus dem im ersten Brief an deinen Sohn zitierten Gedicht von Jakobus Cornelis Bloem keine Ruhe. Du versuchst, den Rest seiner Zeilen ausfindig zu machen, findest sie nur in Originalsprache. Deine Tochter wird dir helfen, denkst du und zeigst ihr das Gedichtfragment. Neben Germanistik studiert sie Holländisch. Als du ihr die Zeilen des Niederländers in die Hand drückst, als du dich erklärst und von deinen Briefen erzählst, freut sie sich und verspricht, das Verfasste ins Deutsche zu übertragen. Aber, betont sie, sie sei keine literarische Übersetzerin. Du lächelst und bestärkst sie, es dennoch zu versuchen. Bald darauf legt sie dir die Übersetzung vor. Sie hat sich sofort daran gemacht, es erschien ihr wichtig, und es berührt dich, dass sie es als bedeutsam erachtet. So setzt du dich spät abends nochmals an den Tisch und schreibst deinem Sohn.

Lieber Pablo!

In meinem ersten Brief zitierte ich ein paar Zeilen aus dem Gedicht von Jakobus Cornelis Bloem. Deine Schwester hat es mir nun übersetzen können, ich bin froh und dankbar, dass sie es getan hat. Ich freue mich auch, dass der Zufall es will, dass sie Holländisch studiert und die Wege kurz waren, um meine Neugier zu stillen, was der Autor über die ersten Zeilen hinaus schreibt. Ich möchte sie dir erzählen:

Denkend an den Tod kann ich nicht schlafen,
und nicht schlafend denk ich an den Tod,
und das Leben entrinnt, gleich wie es entrann,
und jedes Sein ist bis zum Nicht-Sein geschaffen.

Wie machtlos klingt es kümmerlich „zu den Waffen",
wo der Lebenswille zum Kampf auffordert,
neben der Todesfanfaren schriller Stoß,
der die Greise und die Jungen aufruft.

Ebenso wie eine Frau, die sich einmal hingab,
muss sie gebären, oder sie will nicht gebären,
denn das Kind wächst in ihrem Schoß.
(Anmerkung deiner Schwester: Das Original ist für mich hier grammatikalisch nicht verständlich)

Jedes Wesen ist schwanger vom Tod,
und das vorbestimmte Ziel der Paarung
ist nicht weniger als die Wiege des Grabes.

In jenem Buch, aus dem ich die ersten vier Zeilen entnommen hatte, heißt es in der dritten Zeile „und das Leben fließt dahin wie ein Fluss". In der Übersetzung deiner Schwester heißt es jedoch „und das Leben entrinnt, gleich wie es entrann". Dies scheint mir weitaus treffender zu sein. Es hebt die Zeit auf. Manchmal entrinnst du mir, gleich wie du 1995 entronnen bist.

Kinder glänzen durch ihre Anwesenheit, musste ich beim Lesen des Gedichtes denken. Sie erinnern dich daran, dass du sie hast, wenn sie nach dir rufen: um Ball zu spielen, um in der Sandkiste zu buddeln, um Schulaufgaben zu machen oder – in meinem Fall – bei einer sinnentleerten, weil seelen-

losen, dem Lehrer gefälligen Interpretation eines poetischen Klassikers behilflich zu sein (du weißt, wie ich es meine). Kinder glänzen durch ihre Anwesenheit, um sich einzubrennen, um sich unvergessen zu machen in Voraussicht auf den Zeitpunkt, da sie das Haus verlassen. Dein älterer Bruder ist vor zwei Jahren ausgezogen, und kein Tag vergeht, an dem wir nicht an ihn denken, aus ganz simplen Gründen. In zehn Minuten wären wir bei ihm, doch wir lassen ihn gewähren. Wir lernen, dass er kommt, wenn er etwas braucht, auch wenn ich ihm spätestens nach vier Tagen des Schweigens eine Nachricht sende, ob wohl alles in Ordnung ist. Manchmal frage ich mich, wie es dir erginge ohne den Älteren im Haus.

Begeistert bin ich vom Ende des Gedichts. Von jenen letzten drei Zeilen, in denen die Rede davon ist, jedes Wesen sei „schwanger vom Tod". Jede Paarung sei schon die Wiege des Todes. Jakobus Cornelis Bloem, zitiert aus einem Buch über Senioren, lässt das ganze Leben dazwischen aus. Zwischen Paarung und Tod, da sollen viele Jahre liegen. Dies spielt aber bei dem, was der Autor mit seinem Gedicht sagen wollte, keine Rolle. Bereits in der Paarung wissen wir um das Sterben des Wesens, das die Welt erblicken wird. Unlängst las mir deine Mutter aus einem Fachmagazin über Babys vor, Neugeborene empfänden, wenn die Mutter sie weglege, Todesangst. Ich fragte sie, woher Babys wohl vom Tod wissen können. Weil sie ihn in sich tragen? Wusstest du von deinem Tod? Jeder von uns ist „schwanger vom Tod", und heute weiß ich: Die Biografie eines Menschen ist nicht immer an seine physische Anwesenheit gebunden. Du bist der beste Beweis dafür. Natürlich ist mir bewusst, während ich diesen absurden Satz schreibe, dass dein Bruder wie auch deine Schwester ein eigenes Leben führen. Du lebst nur mit mir, bist ein in meinem Herzen Gefangener. Du bist der Häftling in mir. Dafür möchte ich mich entschuldigen.

5. Mai 2017

Es ist Nacht. Das Haus kommt zur Ruhe. Auf der Bank neben dir liegt eine Katze. Sie reckt das Kinn weit von sich. Das Gedicht von gestern hat dich davon abgehalten, deinem Sohn weiter aus der Zeit vor seiner Geburt zu erzählen. Im Jahr 1992 bist du im Notieren all der vielleicht nur dir wesentlich erscheinenden Erinnerungen stehen geblieben, in jenem Jahr, in dem ihr euch in Innsbruck habt untersuchen lassen und bald darauf deine Frau die Hormontherapie abbrach. Du erinnerst dich plötzlich an einen Sommerurlaub aus dieser Zeit. Später wirst du erkennen, dass Sommerurlaube eine bedeutsame Rolle spielen. Ihr trefft eure Verwandten aus der Steiermark. Deine Schwägerin hört sich eure Geschichten an, überhaupt hört sie sehr aufmerksam zu und hält sich mit Ratschlägen zurück. Noch oft wirst du ihr in deinen Notizbüchern Platz einräumen, in Zeilen über ihre feine Art. Es sei schön, wirst du schreiben, auch als Sehnsuchtsvater wahrgenommen zu werden, der Sorgen hat und keine Schuld trägt. Das nämlich wirst du noch oft hören. Dass du Schuld hast an irgendwas.

Du kannst es zeitlich nicht mehr exakt zuordnen, doch eure anhaltende Not lässt euch nach anderen, neuen Alternativen suchen. So findet deine Frau einen Arzt, von dem gesagt wird, er könne helfen. Seine Praxis betreibt er in der nahegelegenen Landeshauptstadt. Du erinnerst dich an viele Details eurer ersten Fahrt zu ihm: Wie ihr im Auto sitzt, wie es regnet und die Tropfen an die Scheiben klatschen, wie du dabei wenig Hoffnung verspürst, dass er euch helfen wird können. Du siehst euch in einem winzigen Untersuchungszimmer sitzen, glücklich, einen Termin bekommen zu haben. Ihr tragt euer Paket an Befunden und Berichten mit euch. Der Arzt will nichts davon sehen. Er bittet deine Frau, ihre Geschichte zu erzählen. Es folgt eine Untersuchung, bei der du den Raum verlassen musst. Anschließend verabschiedet er sich, und ihr wisst nicht, was ihr damit anfangen sollt. Einige Tage darauf findet deine Frau einen Brief im Postkasten. In wenigen Zeilen fasst der Arzt die Geschichte eurer zwei Sternenkinder zusammen und notiert dann einen wichtigen Satz, gerichtet an deine Frau: *Sie wer-*

den so viele Kinder haben, wie Sie wollen. Deine Frau habe ungewöhnlich glücklich reagiert, schreibst du deinem Sohn. Ungewöhnlich. Vielleicht, weil sie es schwarz auf weiß vor sich gehabt habe: ihre Fähigkeit, Kinder nicht nur zu empfangen, sondern auch zu bekommen. Nicht ungewöhnlich allerdings sei gewesen, dass sie bald darauf schwanger wurde.

In ihrem kleinen Notizbuch hält sie fest, sie habe zwar Angst gehabt, doch sei sie sehr zuversichtlich gewesen. Mit dieser ersten Schwangerschaft nach eurem Besuch im Landeskrankenhaus seid ihr Stammgäste bei jenem Arzt, an den deine Frau ihre ganze Hoffnung hängt. Manchmal denkst du zurück an die Häuserzeilen der Siedlung, in der seine Praxisräume lagen. Oft, während deine Frau in den darauf folgenden Jahren in seinem Wartezimmer sitzt, drehst du mit dem Hund eine Runde durch das Viertel. Er findet Gefallen an den ihm zunehmend vertrauten Duftmarken.

In der achten Schwangerschaftswoche setzen Blutungen ein. Der Fachmann verordnet strenge Bettruhe. Zwölf Wochen verharrt deine Frau auf eurer Couch im Wohnzimmer. Die Blutungen kommen und gehen. Sie liegt und nimmt jedes Wort des Fachmanns sehr ernst. *Unendlich geduldig verharrt sie*, notierst du in einem deiner Tagebücher. *Nichtstun ist mindestens so anstrengend für sie wie alles andere zuvor.*

Ende Mai 1993 kommt euer Sohn zur Welt. Du trägst ihn an das Fenster hinter den Kreißsälen, öffnest es, hörst die Vögel singen und sagst ihm, das nun sei die Welt, sein neues Zuhause. Es interessiert ihn nicht. Das Bild des anbrechenden Tages hat sich in deinem Gedächtnis einen dauerhaften Platz gesichert, du denkst gerne daran. Auch daran, wie laut euer Sohn dabei schrie. Schon während der Schwangerschaft hast du eine kleine Videokamera gekauft. Später überlegst du, ob diese Anschaffung ein Zeichen eurer Zuversicht gewesen sein mag. Dir fällt auf, wie wunderschön deine Frau ist. Jemand sagt, das komme von den Hormonen. Frisch und ausgeruht sieht sie aus, jeden Tag. Als sie nach Hause kommt, bemerkst du, dass du die versprochenen Blumen vergessen hast. Eine Notiz dazu findest du in ihren Aufzeichnungen, es muss ihr wichtig gewesen sein. Das Baby schreit, der Hund will seine Runden drehen, deine Frau wird jeden Tag ein bisschen müder. So hat euch das Leben. Ein ganzes Jahr hindurch.

Wie sehr Zuversicht euch angetrieben haben muss, erkennst du viel später, als dir bewusst wird, dass ihr im Jahr darauf bereits euer drittes Sternenkind betrauern müsst: Im Mai 1994 wird deine Frau schwanger, und in ihrem kleinen Notizbuch schreibt sie, dass ihr durch die ehemalige Arbeitsstelle auf der gynäkologischen Station des Krankenhauses erst bewusst geworden sei, wie oft es geschehe. Im Frühling 1994, noch mit dem dritten Sternenkind schwanger, entschließt ihr euch, ein Reihenhaus zu kaufen. Du erinnerst dich kaum an die Tage der Blutungen, an die Curettage. Die Gefühle aber, die mögen dieselben gewesen sein wie zuvor, fantasierst du.

Heute denkst du oft daran, wie verwunderlich es ist, dass Menschen weiter funktionieren. Ihr habt Geburtstagsfeste besucht. Und habt funktioniert. Ihr seid eurer Arbeit nachgegangen. Und habt funktioniert. Ihr seid im Theater gesessen, im Kino, seid in den Bergen gewandert. Und habt funktioniert. Dennoch habt ihr auf eurem Weg ins Erwachsenwerden zunehmend gelernt, die Spreu vom Weizen zu trennen. Am Ende habt ihr euch von vielen Freunden und Bekannten abgewandt. Euren Weg sind sie nicht mit euch gegangen.

Spät in der Nacht endest du mit deinen Zeilen an deinen Sohn sehr abrupt, vielleicht, da du dich scheust, von jenem Jahr weiterzuerzählen.

6. Mai 2017

Dein Zögern in der vergangenen Nacht glich einer mangelhaften Pause. Du hast nur aufgewühlten, unruhigen Schlaf gefunden. Nach wenigen Stunden stehst du wieder auf. Im Morgengrauen setzt du dich an den Tisch in der Küche. Als du bemerkst, dass die Stille dich erdrückt, wirfst du die Stereoanlage an. Die Schlagzeilen der Tageszeitung interessieren dich nicht. Während dir in der vergangenen Nacht die Augen schwer wurden, musstest du daran denken, dass all die Ereignisse, die du deinem Sohn schreibst, während sein Bild vom Schrank auf dich herunterblickt, niemals angemessen erzählt werden können. Seine Geschwister und er sind kein Beleg eurer besonderen Stärke oder gar eurer außergewöhnlichen Zuversicht. Schon gar nicht ist das Jahr, von dem du ihm erzählst, ein besonderer Beleg dafür. 1994. Daran hast du gedacht während des Einschlafens, da dir bewusst wurde, wie sich die Sternenkinder in eurem Leben wie dunkle Perlen auf einer Kette auffädeln. Und auch an diesem frühen Morgen denkst du daran, da du dich kaum erinnerst an euer drittes Sternenkind, vielmehr sind es erst die folgenden zwei, die dich anhaltend geprägt haben. Dieser Umstand erscheint dir heute gefühlskalt, wird eurem dritten Sternenkind nicht gerecht. Du bemerkst, wie bewusstlos ihr gewesen sein müsst während des Kaufens, des Fertigstellens, des Einrichtens eures Hauses. Und vielleicht auch: wie dumm du gewesen bist.

Dennoch ist auch das dritte Sternenkind erneut ein großes Unglück für euch, dessen bist du dir gewiss. *Im Mai war ich wieder schwanger*, schreibt deine Frau, *und bald wurde die Freude zur Enttäuschung*. Immer wieder betonst du an diesem Morgen in deinen Zeilen an den Sohn, wie leid es dir tue, die Gefühle dieses Frühlings nicht mehr in dir wachrufen zu können. Erst der Herbst sei es, der sich erneut eingebrannt habe. Im Herbst nämlich, mit dem Einzug in euer neues Zuhause, verliert deine Frau ein weiteres Kind.

Du kannst heute nicht mehr sagen, ob es ein Wunschkind gewesen ist. Auch das, schreibst du, erscheint dir gefühlskalt und dem kleinen Leben nicht angemessen. Dieses Sternenkind aber, schreibst du, war dein persönliches Unglück. Vielleicht deshalb hast du unruhig geschlafen. Dein persönliches großes Unglück. Das zu Ertragende, schreibst du an diesem frühen Morgen an deinen Sohn, müsse wie ein Gummiband sein. Denn im Herbst 1994 sei es bei dir gerissen, dieses überdehnte Gummiband, schreibst du, es werde dir dein ganzes Leben lang leid tun. Gerne würdest du dein Aufgeben, dein Resignieren, besonders jedoch dein verletzendes Verhalten löschen. Auf all die Fragen, die aufgeworfen worden seien, habe es immer noch keine Antwort gegeben. Und vielleicht deshalb, schreibst du, sei dein Gummiband gerissen. Von einem Tag auf den anderen. Euer Haus sei dir wie ein einziger Fehler erschienen, dein Beruf totales Versagen. Und die Last der zu früh verstorbenen Kinder wie eine Keule, wie ein Schlag ins Gesicht, wie eine Kastration deiner Stärke, deiner Zuversicht, deiner Fröhlichkeit.

Von einem Tag auf den anderen willst du nicht mehr. Du willst das alles nicht mehr. Du willst es löschen aus deinem Leben. Willst einen Schlusspunkt setzen. Endgültig. Und zugleich denkst du an die vielen aufmunternden Gespräche mit deiner Frau. Denkst an das starke Band, das euch verbindet. Denkst an deinen lebenden Sohn, der euch große Freude bereitet und der ein gutes Zuhause verdient hat. Doch du kannst nicht mehr, magst nicht mehr. Am meisten bedrückt dich, dass immer du es warst, der Zuversicht versprühte. *Die psychischen Belastungen*, schreibt deine Frau, *waren riesig. Von Trennung war die Rede.* Es ist wahr, ganz plötzlich sprichst du ständig von Trennung.

Du unterbrichst dein Schreiben. Möchtest auch jetzt nicht weitermachen. Du wirfst einen Blick hoch zum Schrank, entschuldigst dich. Sitzt da und starrst, während du ihm nun erzählst, so als säße er vor dir, du seist nun erneut an jenem Punkt angelangt, an dem dein Geschriebenes sich furchtbar zu lesen beginne. Du erhebst dich vom Tisch, streichelst die Katze, kochst Kaffee, überlegst, ob du etwas essen sollst, verneinst, gehst ins Bad und stellst dich unter die Dusche, findest alles furchtbar und eitel und schrecklich geschrieben und gehst in den Garten. Mit einer Tasse Kaffee sitzt du auf der Veranda und starrst auf die Apfelbäume. Eure Apfelbäume. Und schlagartig wird dir bewusst, dass du noch lange nicht bei den Apfelbäumen angekommen bist. Alles ist dir unangenehm, quält dich, und doch musst du bis zu diesen Apfelbäumen weitermachen. Sonst ist es nicht erzählt, sprichst du in den Garten, sonst bleibt es nichtssagender Irrsinn.

Du weißt, deine Frau ist todmüde geworden in jenem Herbst 1994, inmitten des neuen Hauses, des neuen Gartens, des neuen Abschnitts in eurem Leben. Du sprichst von Trennung und sie hält nicht mehr dagegen. Jetzt, in diesem Garten, unter diesen Bäumen hier, bist du froh darüber, dass ihr beide die Frage wohl verneint haben müsst, ob ihr euer gemeinsames Leben tatsächlich enden lassen wollt. Den ganzen Herbst 1994 hindurch verhältst du dich grässlich. Bist unausstehlich. Schmiedest Pläne, wie du deine kleine Familie hinter dir lassen kannst. Allein dass du dich diesen Gedanken gestellt hast, ernsthaft und aufrichtig, erfüllt dich mit Scham. Es fällt dir später stets schwer, diese Zeit in eine Ordnung zu gliedern, zu verworren wirbeln Gedanken- und Gefühlssplitter durcheinander, du hast keinerlei Vorstellung davon, wann du bestimmte Dinge, die dir in Erinnerung geblieben sind, gedacht oder gemacht hast. Es gibt keinerlei Tagebuchaufzeichnungen aus dieser Zeit, entweder hast du nichts notiert oder du hast es zerrissen und entsorgt. Nicht einmal das weißt du noch. Ein Name allerdings drängt sich dir auf: Viktor Frankl. Der Zufall brachte dich auf ihn, deine künstlerische Arbeit auf einer Therapiestation. Bei einer Theaterproduktion durftest du mitmachen, mit Drogenkranken und Laienschauspielern. So hast du Frankls Enkeltochter kennengelernt, später dann sprichst du mit ihm selbst. Der Name Viktor Frankl ist ein wichtiger Begriff geworden auf deinem Weg ins Erwachsenwerden, in den Tagen auf deinen zweiten Sohn zu. Davon schreibst du ihm schließlich an diesem Tag.

Ihr mit euch
7. Mai 2017

Während ihr den Terrassentisch deckt, während du Kerzenständer drapierst und frische Gläser einstellst, während deine Frau Blumen schneidet und in kleine Vasen steckt, fragst du dich, ob man mit Hingabe leiden könne. Du erzählst deiner Frau davon, während ihr arbeitet und die Gäste erwartet. Wie immer sagt sie zunächst nichts. Dann fragt sie, ob es dir so ergehe, ob du selbst mit Hingabe leidest.

„Vielleicht klingen seine Worte für manche Menschen leer“, antwortest du, „aber Viktor Frankl ist mir gestern in den Sinn gekommen. Weil er gesagt hat, in den Talsohlen des Lebens lerne man leben.“

„Das heißt noch lange nicht“, lacht deine Frau, „dass man mit Hingabe leiden muss.“

„Als ich das erste Mal von ihm las, dachte ich mir, das sagt sich leicht. Aber gleichzeitig schreibt das ja einer, dachte ich, der die Konzentrationslager überlebt hat. In meiner Talsohle, meiner ganz persönlichen – du weißt, im Jahr, als wir in unser Reihenhaus eingezogen sind –, haben mich seine Worte damit getröstet, dass es hier wohl etwas zu lernen gibt, das mir noch nicht klar ist. Und jetzt, während ich davon rede, klingt es furchtbar."

„Ich hätte manchmal Trost gebraucht", bemerkt deine Frau.

Du nickst bedrückt.

Das Leiden deiner Frau. Unter den Sternenkindern, unter dir. Es bedrückt dich immer noch. Deshalb verzichtest du darauf, es auszusprechen, während du Weingläser polierst. Es auszusprechen bleibt dir unmöglich.

„Frankl sagt, man müsse sich einer Sache ganz hingeben", sagst du. „Dass ich vor meiner intensiven Bindung zu dir nicht zurückschrecken darf, musste ich erst lernen. Wäre ich gegangen, hätte sich nichts verändert, außer dass mir klar geworden wäre, nicht nur enttäuscht worden zu sein, sondern selbst eine einzige große Enttäuschung zu bleiben."

Deine Frau nickt.

„Weißt du noch", fragst du, „als es hieß, die Trauerwellen würden weniger werden? Auch ich war mit meiner Trauer allein und hörte oft, ich müsse stark sein für dich. Das vielleicht hat mich am meisten erschöpft."

7. Mai 2017

Heute vor zwanzig Jahren wird deine Tochter geboren. Der Tisch im Garten ist geschmückt, die Verwandten sind gekommen. Es ist noch nicht lange her, da hat sie ihren Führerschein gefeiert. Euer Auto hat es zu spüren bekommen, ihr habt über die Schramme gelacht. Und natürlich, an diesem ihrem Geburtstag, inmitten der Zeit deiner Briefe an den verstorbenen Sohn, stellst du dir besonders intensiv vor, er säße jetzt mit euch an diesem Tisch im Garten, unter den fünfzehn Menschen hier. Er wäre zweiundzwanzig Jahre alt, und vielleicht hättet ihr auch über seine mangelhaften Fahrkünste gelacht.

Aber das ist es nicht, was du ihm an diesem Tag noch schreiben wirst, abends dann, wenn alles zur Ruhe kommt. Vielmehr wirst du aus einer alte Tagebuchnotiz zitieren. Du hast sie 1996 verfasst, nicht ganz ein Jahr nach seinem Geburts- und Sterbetag.

Tagebucheintrag, 24. April 1996

Wir kommen mit dem Tod unserer ungeborenen Kinder nicht zurecht. Wir wurden mit jedem unserer Sternenkinder zu einem Zeitpunkt mit dem Sterben konfrontiert, an dem es doch um das Leben hätte gehen müssen. Unlängst traf ich auf einen Satz, den ich sehr passend finde: Dort, wo es sich um das Leben drehen soll, dreht es sich plötzlich um den Tod.

Dieser Satz erklärt dein großes Unvorbereitetsein, über das du seit sehr langer Zeit nachdenkst. Der Philosoph Konrad Paul Liessmann, schreibst du an diesem Abend an deinen Sohn, meinte einmal, es gebe kaum etwas, das den Menschen in seiner Existenz so sehr berühre wie die Erkenntnis seiner Endlichkeit. Dieser Satz mute nahezu schwach an, schreibst du ihm, angesichts des Sterbens eines Kindes. Es bleibe vollkommen unbegreiflich, wenn der Mensch in der Sekunde des Todes auf das Leben eingestellt sei. Der Tod trete an jene Stelle, an der Freude auf das Kommende Platz bekommen hätte müssen.

In einem alten Notizbuch findest du einige wehmütige Seiten über deine Frau. Die Verletzungen jeder Mutter, die ein Kind verliert. Die besondere Qual, wenn sie mehrere verliert. Und auch, wenn sie fast ihren Mann verliert. Und schließlich, wenn sie einen kleinen Menschen wie deinen tot geborenen Sohn zur Welt bringen muss. Durch die Notizen entdeckst du, dass du immer wieder versucht hast, es rational zu fassen. Du weißt heute, dass das nicht zu schaffen ist, dass es nicht möglich war. Heute scheint dir, du suchtest damals nach Gründen, nach Erklärungen. Wohltuend stechen dir drei kleine Sätze ins Auge: *Vor dem Tod jedes unserer Kinder stand stets die Liebe. So einfach ist es. So einfach bleibt es.*

8. Mai 2017

Einen Tag des Durchatmens, das wünschst du dir. Eine Stunde später kehrst du von einer Joggingrunde zurück. Du startest den Computer und rufst eine Suchmaschine auf. Tippst das Datum des Geburts- und Sterbetages ein: 26. April 1995.

Einen Tag vor dem 26. April erreichte der erste Castor-Behälter den sächsischen Ort Gorleben. Du erinnerst dich dunkel an die Demonstrationen, die bald zu Unruhen führten, als Polizisten auf die Demonstranten trafen. Dann liest du, dass am 27. April in Österreich ein Fonds für die Opfer des Nationalsozialismus gegründet wurde, und denkst an Viktor Frankl. Du schließt die Suchmaschine. Das also hat die Welt beschäftigt, während euer Sohn starb.

Datiert mit *10. Mai 2000* entdeckst du einen von dir als *Transkript* bezeichneten Text, den du am 31. Mai 1995 geschrieben hast. Buchstabengetreu abgeschrieben. Du wunderst dich über das hochtrabende Wort: Transkript.

Mit den dir zugedachten Augen
wirst du die Sonne nie sehen.

Mit den dir zugedachten Ohren
wirst du den Wind nie hören.

Mit der dir zugedachten Haut
wirst du deine Eltern nie spüren.

Nie wieder wirst du sie riechen, fühlen, wirst sie nie berühren.
Es wird ihnen immer fehlen, dein Schauen, dein Lachen.

Mit den dir zugedachten Augen
hast du deine Mutter gesehen.

Mit den dir zugedachten Ohren
hast du deine Mutter gehört.

Mit der dir zugedachten Haut
warst du eins mit ihr.

Du hast gerochen, gefühlt, gelitten.
Wir haben gelächelt, oft.

Zeilen seiner Geburt, denkst du. Die Wurzel seiner Biografie. Oft hast du diese Zeilen abgeschrieben. Auf einzelne Blätter übertragen. Illustriert. In spätere Tagebücher übertragen. Auf Karten versandt. Und immer hattest du das Bild seiner Geburt vor Augen. Seit diesen Zeilen ist er bei euch. Du trägst Trauer seit diesen Zeilen. Deshalb das hochtrabende Wort *Transkript*. Weil es wohl zum Wertvollsten gehört, das du besitzt. Er ist diese Zeilen, denkst du. Sein Antlitz. Sein Wesen und sein bleibender Eindruck. Die Zeilen seiner Geburt, lächelst du. Du betrachtest sein Bild auf dem Schrank. Der Tag endet besser, als er begonnen hat.

20. Mai 2017

Durchatmen. Nicht nur einen Tag. Es sind viele geworden. Du hast in Tagebüchern geblättert. Du hast mit deiner Frau oft darüber gesprochen und hast dich einem für den kommenden Herbst geplanten Buch zugewandt. Du weißt, dass Zeit keine Rolle spielt. Wie immer schon. Du fühlst dich zwanzig Jahre zurückversetzt, spürst, wie es gewesen ist, wie es sich angefühlt hat. Alles wird relativ: tägliche Nachrichten, Wahlprognosen, Kundenwünsche, Tagesverfassungen. Alles bleibt relativ. Nur die Kunst nicht. Die blieb immer davon ausgespart. Sie ist dir wichtig. Und immer noch ist es gut, so zu fühlen, denkst du, nein, zunehmend ist es gut, so zu fühlen. Auch wenn der Grund dafür in der Trauer liegt.

22. Mai 2017

Ein sonniger Frühlingstag. Du sitzt auf einer Burg. Hier haben sie in den Sechzigerjahren Dornröschenfilme gedreht, wird dir gesagt. Auch du bist für Dreharbeiten angereist. Es wird schrecklich schlecht bezahlt sein, fast wie damals im Sterbejahr deines Sohnes. In wenigen Stunden sollst du sechzehn Kurzfilme abdrehen.

Auf dieser Burg findest du den Faden des Erzählens wieder. Nachts in einer der Schlafkammern der Burg nämlich, da erinnerst du dich an zwei Begebenheiten: Ihr seid in Kärnten und habt von Ritterspielen gelesen. Also besucht ihr den Ort der Spiele, eine Burg, und dein Sechsjähriger staunt über die Männer in Rüstungen, die Pferde, die Standarten und den Schmied, der über heißen Kohlen Klingen bearbeitet. Bilder tauchen auf, in denen du mit deinem Sechsjährigen Holz- und Plastikschwerter schwingst. Und dann fällt dir ein, dass du oft schon gedacht hast, dein verstorbener Sohn hätte auch ein Schwert geschwungen. An seiner Stelle hast du mit dem Ältesten gespielt. Du schreibst einen kurzen Brief in dieser Nacht, erzählst deinem Sohn davon und dass sein Bruder ihn sicher oft vermisst habe. Dann erzählst du ihm, dass deine Tochter, seine Schwester, unlängst altes Videomaterial digitalisieren ließ. Eine Szene zeigt seinen Bruder, der seiner vielleicht acht Monate alten Schwester ein Schwert in die Hand drückt und sie auffordert, mit ihm zu fechten. Du bist dir sicher, dass dein lebender Sohn seinen toten Bruder manchmal vermisst hat.

Versäumnisse sind es, die schmerzen. Sein Leben, ein großer Konjunktiv: dein Kind hätte, dein Kind könnte, dein Kind würde. Statt *er hat*, *er kann*, *er macht*.

Die zweite Sache, an die du dich erinnerst, ist das Jahr 1996, in dem du deinen letzten großen Film gedreht hast, jenen von Viktor Frankl. Mit dem Drehbuch dazu beginnst du in den Wochen und Monaten nach dem Geburts- und Sterbetag deines Sohnes. Jetzt, mit dem Regiebuch der Kurzfilme auf deinen Knien, scheinen dir diese Dreharbeiten nicht lange her zu sein. An die Drehorte, die Kulissen, die Schauspieler erinnerst du dich in allen Details, aber auch an die Hürden der Finanzierung und die vielen Arbeiten der Vorbereitung. Ein weiteres Bild taucht auf: Dein lebender Sohn hilft beim Kulissenbau, während deine Frau im Krankenhaus liegt. Danach sitzt ihr spät nachts in einem Fastfood-Restaurant. Der Kleine ist hellwach. Nun erzählst du deinem verstorbenen Sohn davon, schreibst, wie oft du seinen Bruder mitgenommen hast, ohne dich belastet gefühlt zu haben, mehr als freudigen Begleiter habest du ihn empfunden. Hund, Sohn und du.

23. Mai 2017

Obwohl du vor vielen Jahren mit dem Produzieren und Drehen von Filmen aufgehört hast, greifst du zur Kamera. Auslöser sind andere, du hast dich hinreißen lassen. Dankbar siehst du dich in diesen Tagen zurückgeworfen in jene Zeit, in der du es hast sein lassen. Du gestehst deinem Sohn an diesem Tag in einem weiteren, nur kurzen Brief, dass du dich nach zwei Drehtagen, als ihr nach Graz zurückgekehrt seid, noch immer im Jahr 1996 befunden habest. Die Müdigkeit sei dieselbe gewesen, die Freude, die ausgelaugte Leere. Da du nahtlos nach Wien weiterfahren musst, greifst du ins Regal mit den Tagebüchern. Das Buch mit der Aufschrift *2005* nimmst du mit.

Lieber Pablo!

Im Zug blätterte ich in einem Tagebuch und fand ein paar Zeilen, die ich zehn Jahre nach deiner Geburt notierte. Ein paar Worte nur, die mir zeigen, wie schwer es immer war. Zeilen, die im Grunde nur dazu dienten, meinen Geist und mein Herz auf dich zu richten. „Manchmal ist da kein Wort in mir", notierte ich, „ist Schweigen. Herrscht die Stille vor, allein es pocht das Herz, merklich, bis hinein in die Ohren, hinein in mein bewusstes Schweigen, pulsiert ein Stück Leben, der Freude vor allem, dann des Schmerzes über die Abwesenheit des Glücks, und ich vermute vage dein Lachen hinter den Tränen. Dann wieder ist da kein Wort in mir, ist Schweigen des Glücks. Eine andere Stille, so etwas wie Ruhe. Das Wissen um das Herz, das auch für dich schlägt." Und dann, während ich im Zug sitze nach Wien, lese ich: „Wie im Takt der Eisenbahnschwellen, die uns beide auf unserer Reise begleiten."

Ein feiner Zufall, sitze ich doch gerade im Takt dieser Schwellen. Ich freue mich sehr.

24. Mai 2017

In einigen Tagebüchern findest du viele von dir mit *Das Grab der K.* betitelte Notizen, du erklärst darin, es handle sich um eine *Gedenkstättenbeobachtung.* Gräber zogen dich magisch an. Oft kreisten deine Gedanken um die Frage, wie man angemessen *gedenken* könne. Während du von deinem Hotelzimmerfenster aus auf den Vorplatz des Westbahnhofs blickst, erzählst du deinem Sohn davon. Weil es schildert, wie man trauert, und auch, was es nicht dazu braucht.

Hier ruht in Frieden steht eines Morgens auf einem Holzkreuz, unter den Arkaden eines Rundganges eines Stadtfriedhofs. Du erzählst deinem Sohn von den Eindrücken, da du diesen Ort sehr oft und sehr gerne besuchst, er liegt auf dem Weg in dein Büro und du atmest noch kurz durch. *Hier ruht in Frieden* also liest du eines herbstlich stürmischen Morgens. Du blickst auf ein Grab, frisch zugedeckt. Dutzende Kränze umfassen den Erdhaufen. Auf den Trauerschleifen registrierst du schmerzerfüllte Abschiedsworte. Veröffentlichungen großen Leids, denkst du, der stille, in ein Blumenmeer verwandelte Schrei jener Menschen, die ein Mädchen namens Katrin geliebt haben. In den darauf folgenden Wochen gehst du regelmäßig an ihrem Grab vorbei und nimmst

Veränderungen wahr: den Austausch der Blumen, das Nachrüsten der vielen Kerzen, das Ablegen der Spielsachen und das Drapieren kleiner Engel. Einige Zeit darauf wird das Holzkreuz entfernt. Anstelle dessen wird ein Foto am schwarzen Stein angebracht: Katrin sieht fröhlich aus. Und darunter die Zeilen: *Wir danken dir für deinen Schutz, in tiefer Liebe, deine Mami.*

Für die Mutter des Mädchens ist Katrin nicht von dieser Welt gegangen. Sie findet Trost darin, sich vorzustellen, ihre Tochter wache wie ein Engel über sie. An einem der unzähligen frühen Morgen musst du herzhaft lachen, kurz nach dem Neujahrstag, als Katrin ein Glücksbringer in Form eines Rauchfangkehrers ans Grab gebracht worden ist. Kurios, Glückwünsche für das neue Jahr. In der Faschingszeit werden bunte Grablichter aufgestellt, und zu Ostern liegen Eier dort. Das Notieren deiner Beobachtungen bereitet dir große Freude, oft sprichst du mit Katrin.

Irgendwann beginnen sich die Dinge zu wiederholen und du meinst, nun eine Pause machen zu müssen. Also verabschiedest du dich. Doch lange hältst du es nicht aus. Es zieht dich zurück an ihr Grab. Es gibt keinen Grund mehr, sie zu besuchen, denkst du, keine Beobachtung, die dir noch fremd wäre. Auf seltsame Weise spürst du lange schon keine Antwort mehr, wenn du sie begrüßt. Hast du anfangs mit ihr gesprochen, so schweigst du nun. Dennoch erweist sich der Sog, an ihr Grab zu kommen, als konstant, bleibt nicht steuerbar. Betrittst du den Friedhof, was du weiterhin regelmäßig tust, fällt dein Blick sofort in ihre Richtung. Also stehst du weiterhin stumm vor ihrer Gedenkstätte, manchmal hörst du dich verdrossen seufzen, beobachtest die Jahreszeiten, kannst sie ablesen an den Blumen und Gebinden, anhand des manchmal absurden Schmucks, anhand der Karten und Briefe, die seltener und in ihrer Wortwahl karger, nüchterner werden. Während du all dies stumm beobachtest, bist du vollkommen leer. Du sagst, fühlst und denkst nichts. Es scheint, als hättest du dich daran gewöhnt, dass sie hier liegt, so wie man sich an ein Kreuz am Wegrand gewöhnt und es erst vermisst, wenn es verschwindet. So ziehen zwei, vielleicht drei Winter durch den Friedhof. In diesem Nichtssuchen, in diesem Nichtswollen und Nichtsdenken und schließlich auch deiner Vermutung, dass hier nichts Neues mehr geschehen werde, findest du jene geborgene Ruhe, die allem Wesentlichen mitgegeben zu sein scheint. Doch das begreifst du erst später.

Es scheint jedenfalls, als hättest du Katrin, deren Tod dich zunächst sehr berührte, gehen lassen. Es gibt nichts mehr, das du auf diese Grabstätte projizieren könntest, und du überlegst sogar, alle Notizen, die du während deiner *Gedenkstättenbeobachtung* gemacht hast, zu zerstören, beschreiben sie in deinen Augen doch nur Oberflächliches. Nichts kann dieses Wesen in unserer Welt halten, meinst du, keine Notiz, keine Zeichnung, keine Kerze. Die Abschiedsbriefe nicht, die Dekorationen nicht, die Blumen nicht, alles erscheint dir oberflächlich und dumm. Und bald darauf erkennst du eines frühen Morgens: Es braucht keinen Schmuck, es braucht keine Rituale. Nicht einmal ein Gebet braucht es. Es braucht allein die Einsicht, dass Katrin lebt. Irgendwie.

Deinem Sohn schreibst du an diesem Tag, sofort seist du wieder berührt gewesen von diesem Mädchen. Es sei nicht besser zu erklären. Im Loslassen aller Dekorationen habest du dich wieder verbunden gefühlt. Von diesem Tag an stehst du manchmal mit dem Rücken zu ihr und blickst auf den vor dir ausgebreiteten, mit Arkaden gesäumten, schmalen Stadtfriedhof. Ob mit dem Rücken zu ihr oder nicht, es habe keine Rolle mehr gespielt, schreibst du.

Ihr mit euch
25. Mai 2017

Erneut zieht es deine Frau in die Wälder hinter dem Haus. Schnaufend kämpft ihr euch den ersten steilen Anstieg hinauf.

Du fragst, ob es auch Freude mit sich bringe, wenn man sich quäle.

Deine Frau lächelt, sagt nichts darauf.

Du erinnerst sie an euer letztes Wandern hier in den Wäldern. Als ihr euch darüber unterhieltet, ob man mit Hingabe leiden könne. Und dass du dich danach gefragt habest, ob man am Leiden leiden könne.

„Leidest du an deinen Leiden?", lacht sie.

„Nein, gar nicht. Ich denke nur daran, dass es Leiden gibt, die abgeschafft werden können. Nur so ein Gedanke. Leiden und Leiden ist nicht dasselbe. Es gibt Leiden, die bestehen, Leiden, die ja wirklich von Bedeutung sind. Die auch immer bleiben, einfach weil wir Menschen sind. Aber Leiden und vor allem Traurigkeit durch Bosheiten, durch Feigheit, oder besonders Traurigkeit durch Dummheit, das kann gerne abgeschafft werden."

„Manchmal habe ich das Gefühl, du steckst in einer sehr seltsamen Form der Traurigkeit", sagt sie. „Unsere Sternenkinder brauchen solche Tränen nicht."

„Du hast recht. Sie mögen solche Tränen nicht."

„Sie wollen akzeptiert sein. Sie wollen gesehen werden."

Du sagst nichts darauf.

„Wenn ich mich mit anderen austausche", sagt deine Frau und meint damit die Internetforen, auf denen sie mit anderen Müttern in Kontakt steht, „dann lese ich viel über die Herzlichkeit, mit der wir an sie denken."

„Schaler Trost", sagst du.

„Aber es tröstet."

Längst bist du dir gewiss, Trost ist ein Wort, das immer in Bildern gedacht wird. Man sieht einen Menschen bei einem anderen Menschen sitzen. Das ist eine Form des Trostes, so meinst du während dieser Wanderung deine Frau zu verstehen, die Sternenkindeltern nur sich selbst geben können. Solange Sternenkinder nicht Teil der Biografie sein dürfen, weil sie abgetan und vergessen werden, sobald Unbeteiligte meinen, die Eltern hätten ihre

Trauer nun bewältigt, so lange brauchen auch Sternenkindeltern keinen Trost von außen. Man muss dem Kind einen Namen geben dürfen, eine Existenz. Pablo hat keine Existenz. Euren Sohn gibt es nicht. Er war und ist nicht. Seinen Namen wird man vergeblich in euren offiziellen Papieren suchen. Du bist froh, dass es einen Mutter-Kind-Pass gibt.

„Wenn wir nicht von Pablo sprechen“, sagst du, „dann hat es ihn nie gegeben.“

„Ja“, hörst du deine Frau sagen.

Es klingt nicht verbittert.

In die Abwesenheit des Glücks

25. Mai 2017

Katrins *Gedenkstättenbeobachtung* kann nicht erzählt werden, so viel ist dir klar, ohne dabei auf deinen Sohn zu kommen. Du warst im Jahr 1994 stehen geblieben, dem Jahr deiner Verirrungen. Deine Krise mündet im November darin, dir einzugestehen, dass dein Band zu deiner Frau stärker ist als die Not und auch deine Bedürfnisse nach Anerkennung, Zuneigung und freundlichen Gesten. Deine Frau reagiert weder glücklich noch enttäuscht, als du dich erklärst. Sie ist der Fels, erkennst du in dieser Zeit. Dabei hast du stets gedacht, du seist der Starke. Oft noch wirst du an der Selbstverständlichkeit ihrer Liebe zu dir ablesen, dass unzweifelhaft sie der Anker eurer Beziehung ist. Ein weiteres Lehrstück auf deinem Weg ins Erwachsenwerden.

Deinem Sohn schreibst du an diesem 25. Mai, man könne behaupten, er sei ein Kind der Liebe gewesen. Ende November, zu einer Zeit, in der du dein inneres Lächeln wiederentdeckst, einer Zeit, in der auch du nun in euer Haus einziehst und ihr bald damit beginnt, den Garten und die Räume weihnachtlich zu dekorieren, fällt ein Schwangerschaftstest positiv aus. Niemandem erzählt ihr davon, feiert das Weihnachtsfest und den Jahreswechsel mit eurem kleinen Sohn. Du glaubst dich zu erinnern, jeden Tag ausgesprochen zu haben, dass es dieses Mal gut werde.

In der elften Schwangerschaftswoche setzen Wehen ein. Der Muttermund sei offen, hört ihr den Bregenzer Fachmann sagen. Deine Frau wird immer wieder stationär aufgenommen, der Muttermund wird vernäht. Sie schreibt über diese Zeit, es seien Tage und Nächte voller Tränen gewesen, so sehr habe sie sich euren Sohn gewünscht. Es scheint, als setze sich das vergangene Jahr nahtlos fort. Euer Zweijähriger leidet unter den Belastungen seiner Eltern, unter der Abwesenheit seiner Mutter. Inzwischen sind deine Schwiegereltern bei euch eingezogen. Sie bleiben viele Wochen. Und noch immer setzt Sprache aus, wenn du die Gefühle dieser Monate beschreiben sollst. Die Blutungen jedenfalls hören keinen Tag auf, in der siebzehnten Schwangerschaftswoche nehmen sie wieder zu.

Niemals mehr waren die Sorgen um deine Frau größer als in jener Nacht, in der sie dich weckt, in der du herumtelefonierst, in der sich das Blaulicht eines Rettungswagens in euren Fensterscheiben spiegelt. In der ein Bergetuch den von Krämpfen geschüttelten Körper deiner Frau durch das enge Stiegenhaus befördert. Niemals wieder hast du dich so gesorgt. Später wirst du sagen, du habest gesehen, dass etwas zu sterben begann, jedenfalls ein Stück von dir.

Wenige Wochen darauf kommt dein Sohn zur Welt. Er erblickt nichts als den Tod. *Wenige Wochen darauf stirbt dein Sohn zur Welt*, so müsste es eigentlich heißen, denkst du. In deinem Brief an diesem Tag schreibst du ihm, es müsse nicht in allen Details erzählt werden, er sei ja dabei gewesen. Vielleicht verhindert dieser Satz, das Schmerzvolle schwarz auf weiß sehen zu müssen. Jedenfalls hältst du den kleinen Körper in deinem Arm, trägst ihn wie deinen ersten Sohn ans Fenster des dunklen Krankenzimmers. Dieses Mal hörst du keine Vögel zwitschern, dieses Mal blickst du in keinen Sonnenaufgang. Dunkle Nacht schlägt dir entgegen. In deinem Rücken hörst du den Arzt mit deiner Frau sprechen, wenige Worte hörst du, sie solle sagen, wenn sie etwas brauche. Lächerlich. Dann geht er, und langsam dämmert sie weg, während ihr Schluchzen sich in deinem Innenohr festsetzt. Du sagst nichts. Nichts zu ihr, nichts zu deinem Sohn. Du sagst nichts, da du nichts denkst.

Mit deinem Kind im Arm geht dein Blick hoch in den Nachthimmel, eingekerbt haben sich die Sterne in dein Erinnern. Und dass du gedacht hast, nein, mein Kind ist jetzt keiner dieser Sterne. Er, dein Sohn, der einen Namen trägt, ist keines dieser Bilder, die man uns lehren möchte. Während seine winzigen Finger in deiner Hand liegen, während du ihn anstarrst und meinst, in einen Spiegel zu blicken, so sehr ähnelt er dir, da verdichten sich in einer Millisekunde alle deine Jahre, verdichten sich deine Gefühle, verdichten sich all die jemals gemachten Erfahrungen. Noch immer schweigst du. Du denkst: *Gott* ist schuld. Gott allein trägt diese Schuld. Und du hebst dein Kind hoch, präsentierst es den Sternen und der orangefarbenen, nächtlichen Stadt am Ende der Anhöhe. Und du sprichst mit Gott. Bewirfst ihn mit deiner Fäkalsprache. Die kennst du. Du bewirfst Gott mit allem, was dein gelähmtes Denken in diesem Moment freizugeben bereit ist. Noch immer sprichst du kein einziges Wort. Noch immer hörst du das Seufzen, Schluchzen, Wimmern deiner im Halbschlaf dämmernden Frau. Du hast das Gefühl, es dürfte niemals enden, dieses Bewerfen, dieses Beschimpfen, dieses Zuschlagen und vernichtende Auslöschen. Du hast das Gefühl, in die Welt brüllen zu müssen, es gebe keinen Gott. Es könne niemals nur einen Funken eines Augenblicks so etwas wie diesen verdammten Gott gegeben haben. Und du sprichst dabei, ohne den Mund aufzumachen, in den Sternenhimmel, die winzigen Finger deines Sohnes in deiner Hand. Du sprichst zu Gott, den es nicht gibt, du versprichst ihm, den es nicht gibt, den Rest deines Lebens kundzutun, es gebe ihn nicht. Du möchtest dich einreihen in die Schopenhauers, in die Nietzsches, die Poppers und die Kants. Du möchtest nichts sehnlicher in diesem Moment, als ihm, den es nicht gibt, unmissverständlich sagen, dass es ihn nicht geben kann. Du bist am Ende. Deine Frau ist am Ende. Die Beziehung an die Wand gefahren. Und Gott trägt Schuld.

26. Mai 2017

Lieber Pablo!

Am Beginn meiner Briefe habe ich davon erzählt, wie wesentlich du uns alle geprägt hast. Habe behauptet, du hättest mich gänzlich verändert. Es stimmt, und es geschah in dieser Nacht. Es kostete mich alle Überwindung, aber in deinen Stunden sprach ich zu diesem verhassten Gott und schwor ihm, den Rest meines Lebens damit zu verbringen – in welcher Form auch immer – zu belegen und zu publizieren, dass es ihn nicht geben könne. Andererseits wolle ich den Rest meines Lebens darauf verwenden, das Gegenteil zu belegen, dass es ihn gebe, sofern er mir nur ein einziges Zeichen sende, eines, das keines Priesters bedürfe und keines erläuternden Theologen.

Pablo, als das Wimmern deiner Mutter weniger und weniger wurde, als sie endlich schlief, verließen du und ich das Krankenzimmer. Der Arzt brachte einen Rollwagen mit einem weißen Tuch und bat mich, dich darauf abzulegen. Ich fragte, was nun mit dir geschehe. – Es folge eine Untersuchung, meinte er. Und dann würdest du weggebracht. – Wohin?, fragte ich. – Du würdest, meinte er, auf ganz gewöhnlichem Weg entsorgt, verbrannt. – Ich bat darum, mir zu versprechen, dass man würdevoll mit dir umgehe, am liebsten wäre mir, dich beerdigen zu dürfen. – Er sagte, das sei nicht vorgesehen. – So bat ich ihn, mir zu versprechen, dass man keine hautverjüngende Creme aus dir produziere, Kollagen aus dir gewinne, um dahinrunzelnden Frauen das Versprechen ewiger Jugend teuer zu verkaufen. Er versprach es.

Pablo, ich weiß, dass allein du weißt, was aus dir geworden ist. Es war nicht vorgesehen zu dieser Zeit, Kinder wie dich, kaum siebenhundertfünfzig Gramm schwer, auf einem Friedhof zu bestatten. Ich hätte kämpfen sollen um dich.

Du weißt, dass deine Frau euer Kind später lange und intensiv betrachten würde wollen, und bittest den Arzt, dir jene Polaroidkamera zu bringen, mit der Neugeborene von den Hebammen abgelichtet werden. Der Arzt bedauert, die Kamera sei kaputt. Du flehst ihn an, dir das Gerät dennoch zu überlassen. Zweifelnd bringt er dir den defekten Apparat und bittet dich, mit dem toten Kind nicht länger auf dem Flur herumzustehen. Er schiebt den Wagen und damit euch in einen Nebenraum. Du siehst, dass in der Kamera noch zwei Bilder stecken. Später weißt du nicht mehr, wie du es bewerkstelligt hast, doch tatsächlich baust du die Kamera auseinander und setzt sie wieder zusammen. Dann nimmst du deinen Sohn in den Fokus und drückst ab. Es blitzt, gefolgt vom untrüglichen Surren des Polaroidbildes, das durch einen Schlitz ans Licht kommt. Du fuchtelst mit dem Bild in der Hand durch die Luft, so macht man das. Die Konturen deines Sohnes beginnen sich abzuzeichnen. Als du ein zweites Mal auf den Auslöser drückst, geschieht nichts mehr. Es ist, als wäre euch allein dieses eine Bild vergönnt.

Deine Frau notiert in ihren Aufzeichnungen, in einem Krankenzimmer habe sie ihren Sohn zur Welt bringen müssen, allein dieser Umstand schmerze sie. Sie schreibt, sie sei alleine und vollkommen leer zurückgeblieben. Die Schwestern, in ihrem Fall Kolleginnen, schreibt sie, hätten offenkundig nicht gewusst, was sie sagen sollen. *Ich merkte ihnen an, dass es peinlich war, mein Zimmer zu betreten. Wieder keine psychologische Betreuung, nur routinemäßige Arbeit und schnell wieder raus. Ich wollte nur noch nach Hause.* Und dann, über ihr Heimkommen, notiert sie: *Der erste Tag endete nicht so, wie ich es mir wünschte. Ich fühlte mich elend, aber mein Mann war nicht für mich da.*

27. Mai 2017

Bereits während jener Wochen, in denen deine Frau im Krankenhaus liegt, so schreibst du an diesem Tag an deinen Sohn, verbringst du viele Abende in deinem Kelleratelier. Dennoch bist du nicht mehr fähig, auch nur einen einzigen Pinselstrich auf die Leinwand zu bringen oder gar mit Kohlestift ein Porträt zu entwerfen. Also schüttest du. Du gießt Farbe über Leinwände. Die Schüttbilder, behauptest du, sprächen die einzig angemessene Sprache. Es werden sechzehn Tafeln, die heute noch in deinem Atelier hängen, in einem alten Industriegebäude mitten in Graz. Sie erinnern dich jeden Tag an deinen Sohn, zeigen dir die Geschichte seines Werdens und Vergehens. Bis einige Wochen über seinen Geburts- und Sterbetag hinaus gießt du. Niemals könntest du sie verkaufen. Auch den Mutter-Kind-Pass habt ihr behalten, sogar der Schwangerschaftstest findet sich noch in einer Mappe.

In den Tagen und Wochen nach dem Geburts- und Sterbetag eures Sohnes füllst du Notizbücher mit Verzweiflungen, Hoffnungen und kleinen Trosttexten, Zeilen, die du längst hinter dir gelassen hast. Heute würdest du vieles davon nicht mehr schreiben. Heute siehst du die Dinge in einem vollkommen anderen Licht, beispielsweise jene unfassbar große Unfähigkeit der Zeit, in der euer Sohn gestorben ist. Manchmal äußerst du dich verärgert, bereits Urzeitmenschen hätten ihre Toten begraben, euch aber sei es verwehrt geblieben. Kinder habe man immer begraben, zu allen Zeiten, Knochenfunde belegen es, sagst du. Es ist der letzte große Unmut über deine Außenwelt, dieses Nichtbegraben. Man habe deinen Sohn wie einen Kadaver behandelt, sagst du dann. Erst einige Jahre später entdecken die Menschen jene Notwendigkeit wieder, die immer schon gegeben war: dem Schmerz einen Ort zu geben. Eine Gedenkstätte für zu früh verstorbene Kinder. Du entschuldigst dich für dein Schreiben bei deinem Sohn, es gebe Tage, an denen die Wut immer noch überwiege.

28. Mai 2017

An diesem Tag entschuldigst du dich bei deinem Sohn noch einmal für dein verärgertes Enden am Vortag. Du gestehst, dass du vielen damals Beteiligten ihre Ignoranz und Dummheit niemals wirst verzeihen können. Du weißt, dieses Gefühl hast du bis heute konserviert, du kannst deine Verärgerungen in vielen deiner Notizbücher nachlesen. Zugleich macht es dich traurig, noch immer auf diese Weise fühlen zu müssen.

Deinem Sohn erzählst du an diesem Tag, seine Mutter habe nach seinem Tod wieder zu arbeiten begonnen und in ihrem Notizbuch bemerkt, mit niemandem außer dir habe sie sprechen können, es habe niemand sonst verstanden. Sie habe Rat gesucht in Büchern und habe auch versucht, auf jener gynäkologischen Station, auf der er gestorben sei, helfend einzugreifen. In den Aufzeichnungen deiner Frau ist an dieser Stelle die wohl längste Notiz zu finden.

Tagebuch deiner Frau, 12. September 1998

Eine Patientin in der achtundzwanzigsten Schwangerschaftswoche, laut Ultraschall mit einem Baby ohne Nieren und zusätzlich einigen Missbildungen, kam zum ‚Ausstoßen'. So nennt man die Geburt eines nicht lebensfähigen Kin-

des, also auch die Geburt meines Sohnes Pablo. Die Wehen wurden medikamentös eingeleitet, so wie es bei mir gewesen ist. Und wieder vermieden es meine Kolleginnen, das Zimmer der Patientin zu betreten. Durch Zeitmangel konnte ich nie sehr lange bei der jungen Mutter bleiben, doch ihr Mann war bei ihr, wie damals auch mein Mann bei mir gewesen ist. Ich sprach mit dem jungen Paar offen über das Bevorstehende, die Geburt und die Momente danach. Da ich in der Geburtshilfe keine Erfahrung hatte, bat ich eine Hebamme, nach der Patientin zu sehen. Doch es ergab sich, dass ich der Frau am Ende alleine helfen musste. Ich tat es, so gut ich konnte. Die Geburt, ja die ganze Situation, war nicht fürchterlich. Die junge Frau war durch unsere Gespräche, so schien es mir, darauf vorbereitet, wusste, was auf sie zukommt, und wollte ihr Baby auch sehen. Ich hatte an diesem Tag das Gefühl, dass ich dem Paar helfen hatte können. Für mich selbst war es eine sehr wichtige und schöne Erfahrung, und so konnte ich auch meinen eigenen Verlust leichter verarbeiten. Ich weiß es nicht genau, aber vielleicht habe ich in diesem Baby meinen eigenen kleinen Pablo noch einmal zur Welt gebracht. Damit erst wurde es leichter.

29. Mai 2017

Die Rituale des Geburtstagsfests wiederholen sich: Der Tisch wird gedeckt, Gläser werden poliert,

Blumen arrangiert. Dieses Mal geschieht all dies für euren Sohn. Bald strömen Gäste in euer Haus. Stolz seid ihr auf euren inzwischen ausgezogenen Sohn, den klugen jungen Mann mit vielen Fähigkeiten. Einen Moment lang dachtest du daran, ihm ein Kinderschwert zu schenken, doch schließlich verzichtest du darauf: Sein Geburtstag soll sich von anderen nicht unterscheiden, es soll nicht deines Schreibens wegen etwas daran verändert werden.

30. Mai 2017

Du fühlst dich erschöpft. Dennoch setzt du dich in den Garten, stapelst die Tagebücher vor dir auf und greifst nach einem schmalen Gedichtband. Neben Traute Forestis *Tod, du wirst meine letzte Liebe sein* begleiteten dich einige wenige andere durch die Jahre. *Hundert Freuden* von Wislawa Szymborska nimmst du in die Hand, dann den Vorarlberger Autor Werner Grabher. Du blätterst in seinem Buch *Gefangene Freiheit* und findest einige Zeilen, die dir an diesem Tag passend erscheinen.

Am zweiten Horizont
geht langsam
eine schwarze Sonne auf.

Und riesenhaft
pinselte tausender Linsen
gereinigtes Licht
in den Kopf
mit dem Glasdeckel
farbig
ein Menschengesicht.

Du schließt das Buch und beobachtest eure Katzen beim Spiel. Dann entschuldigst du dich bei deinem Sohn, an diesem Tag nicht an ihn schreiben zu können.

1. Juni 2017

Du liest, der Theaterregisseur Max Reinhardt meinte, für jedes Lebensalter bedeute die Zeit ein gelindes Entsetzen, ausgenommen die Kindheit. Das ist wahr, lachst du zunächst. Dann sagt er, jedes Lebensalter könne schön sein, bleibe man sich des Todes bewusst. Deinem Sohn schreibst du, in eben solchen Sätzen liege die Begründung seiner Biografie, da sie die deine geworden sei: Im Anerkennen seines Todes lebst du.

Nicht zuletzt des Geburtstages deines lebenden Sohnes wegen hast du eine kleine Pause eingelegt, bist mit allen deinen Kindern im Kopf und der eingestandenen Trauer im Herzen durch diese zwei Tage gegangen. Dennoch wirken nun die Farben kräftiger in deiner Wahrnehmung, die Geräusche lauter, deine Freude über deine zwei lebenden Kinder heller. Zugleich wird seit vielen Wochen bereits das Nörgeln anderer unangenehmer. Vieles darf im Schatten deines Sohnes noch deutlicher zur Nichtigkeit werden. Im Grunde, denkst du, könntest du hier enden. Denn ebenso wird dir bewusst, warum all dein Schreiben bislang scheiterte: Weil du spätestens an diesem Punkt nicht mehr weitergelebt hast. Sie mussten folgen, all die Jahre danach, es ist nicht leicht zu erläutern in wenigen Sätzen: Es mussten diese vielen weiteren Jahre vergehen, um schreiben zu können.

Und so rufst du dir den Grundgedanken in Erinnerung, weshalb es jetzt sein kann: Weil es nicht mehr um dich geht. Weil es nur um deinen toten Sohn und alle seine Sternenkind-Geschwister geht. Weil du dich endlich darauf beschränkst, an ihn zu schreiben, dich an niemanden sonst zu wenden. Dabei geht es nicht um eure dunklen Jahre, es geht nicht um deine Dummheiten, nicht um deine Scham, es geht nicht um euren Weg ins Erwachsenwerden: Es geht um eure Kinder, die lebenden wie die toten.

Denn damit beginnt das Leben deines toten Sohnes. Nun erst beginnt im Fluss des Vergehens aller zählbaren Zeit eine ungewöhnliche Form der Biografie. Nun erst reicht die Geschichte weit über jenen Tag, jene Nacht hinaus, in der du seinen kleinen Körper in deinen Händen hieltest und einen aufrichtigen und ganz deiner Wut und damit deinen tiefsten Gefühlen entsprechenden Dialog mit einem Schöpfer gehalten hast, den es in deinen Augen zu diesem Zeitpunkt nicht gab. Deinem Sohn schreibst du, an dieser Stelle sei besonders zu betonen, dass keinerlei Erleuchtung mit seinem Sterben in Zusammenhang stehe.

2. Juni 2017

Hier also beginnt deine Geschichte, schreibst du deinem Sohn. Zunächst in klagenden Worten in deinen Tagebüchern, dann auf ganz andere Weise. In einem Buch aus dem Jahr 2010, dem Jahr des großen Aufräumens vor eurem Umzug in das heutige Zuhause, findest du einige Kalenderblätter eingeklebt. Auf einem Blatt mit dem Datum *26. April 1987* ist die karge Notiz *Vera* zu lesen. Dein wohl wichtigster Tag. Direkt daneben ein Blatt mit dem Datum *26. April 1995*, eine weitere, ebenso karge Notiz: *Heute starb unser Sohn Pablo.* Zwei Blätter mit selbem Datum, nur wenige Jahre der Distanz: die Liebe und der Tod. Auf einem Kalenderblatt aus dem Jahr 1989 liest du: *Habe heute geheiratet.* Du lächelst über die Ich-Form. Auf einem Kalenderblatt des Monats *September 1995* liest du den Satz: *Die einzige Konstante im Leben ist die Bewegung, auch wenn sie zaghaft ist.* Dies alles berichtest du deinem Sohn an diesem Tag.

Seine Geschichte beginne damit, schreibst du ihm, dass sowohl das Jahr 1994 wie auch sein Jahr, das darauf folgende, die Talsohle eures Lebens geblieben seien. Denn damit schließlich, so schreibst du, habet ihr euch zufrieden gegeben. Zufrieden mit dem einen Kind, das euch geschenkt worden war, zufrieden mit eurem Dasein und dem nur um einen Raum zu großen Haus, zufrieden schließlich mit euch selbst. Es sei keinerlei Verbitterung zurückgeblieben, *vielmehr kam es einer Befreiung gleich*, schreibst du, und du seist ihm sehr dankbar dafür.

Tagebucheintrag, 25. September 1996

Nun ist es eineinhalb Jahre her. Ich habe heute ganz entspannt über dich gesprochen, dann habe ich dein Foto betrachtet. Ich habe geweint, habe mir gewünscht, ich könnte dich halten, nur ein Mal noch.

Mit jedem Tag spürst du zu dieser Zeit deutlicher, dass der euch geschenkte Kosmos auch tatsächlich euch gehört, dass er ganz zu dir gehört. Das Fliehen der Zeit verliert seinen Schrecken, ebenso das dumme Reden der anderen. Nichts zu wollen und nichts mehr zu planen wird zur Erleichterung. Sogar deine Arbeit geht dir wieder besser von der Hand. Dennoch weißt du längst, dass die Interessen der Menschen nicht mehr die deinen sind.

1996 verfilmst du Viktor Frankls *Synchronisation in Birkenwald*, jenes Bühnenstück, das du gemeinsam mit anderen auf der Therapiestation aufgeführt hast. Als eure Bekannten dich auch dafür nur belächeln, verabschiedest du dich innerlich von ihnen. Die Verfilmung ist zugleich auch deine Abschiedsarbeit in der Drogenhilfe, nur weißt du das noch nicht. Bald darauf nämlich triffst du einen Mann, der jemanden wie dich sucht. Ein Internat, bis zu dieser Zeit geführt von Kreuzschwestern, soll privatisiert werden. Die Aufgabe reizt dich. So beginnst du, darüber nachzudenken, ob eine Horde fremder Kinder zur Kompensation für die eigenen, nicht geborenen Kinder werden könnte. Es wäre ein Ablehnungsgrund gewesen, schreibst du deinem Sohn an diesem Tag.

Die Abwesenheit des Glücks

3. Juni 2017

Wenn ihr ganz still sein müsst, da euer Kind wenige Meter neben euch schläft, wenn ihr dennoch zusammenliegt und euch freut wie ein verschworenes Gaunerpärchen, und dann, dann liebst du und du liebst mehr denn je, da du alle Tage liebst, da es keine Not und keinen Zwang und keine Zeit mehr gibt, da du alles liebst, und besonders den Moment jetzt, deine Lust, euer entspanntes Kichern und das Flüstern und das Nichts-Wollen außer diesen Moment, und schließlich euer Lächeln, als der Sohn sich bewegt: Das mag ein seltener Glücksmoment sein.

Und am nächsten Morgen, ganz früh, sitzt du auf einer Parkbank am Kai, dein Hund hält neugierig Ausschau nach Fischen, dein Sohn wirft kichernd Kieselsteinchen, und vor dir schwebt die aufgehende Sonne, du spürst die ersten zaghaft warmen Strahlen, die sich unbeirrbar ihren Weg durch den aufsteigenden Dunst des stillen Sees bahnen, die vergangenen Stunden und diese eine, winzige Sekunde nun eng vereint, wie verschmolzen, einem Gedicht gleich, dann weißt du plötzlich: Etwas ist geschehen. Etwas hat sich ereignet. Die Verschmelzung der Momente sagt es dir.

Unweigerlich hebst du deinen Kopf, neigst ihn zur Seite, siehst den pastellgelben Sonnenball vor dir, das Weiß im Dunst des Wassers, und du fragst dich, ob tatsächlich nun jene Zeichen zu spüren sind, von denen du in deinen Wutanfällen gesprochen hast, von deren Einforderung du niemals mehr abgegangen bist. Und ein Schauer, tatsächlich, ein kurzer Schauer durchläuft dich, jenes feine, kalte und zugleich aufregende Gefühl, dass es wahr sein muss, dass tatsächlich etwas geschehen sein muss letzte Nacht. In diesem Moment ruft dich dein Sohn mit seiner hellen Kinderstimme und fordert dich kichernd auf, das Plätschern der winzigen Kieselsteine ebenso zu bewundern, wie er es tut, und schon fliegt die nächste Handvoll in den See, worauf das feine, die Stille durchschneidende Prasseln zu vernehmen ist, und unweigerlich wendest du dich diesem Tag zu, diesem Spiel, diesem Kind und schließlich den schnatternden Enten, die mit altem Brot gefüttert werden wollen.

So verbringst du deine Tage, du vergisst den kühlen Schauer, das Ereignis flieht zu rasch, es bleibt nur ein winziger Augenblick, zu filigran, um von deinem Bauch in den Kopf zu finden. Die Erkenntnis bleibt verborgen. Das Reden und Denken und das Tun und das Nichtstun nehmen ihren Lauf, war es doch nur ein winziger Moment, beschränkt auf den Augenblick der immensen Verdichtung an einem Urlaubstag im August 1996, beschränkt auf den Augenblick zwischen dem Werfen einer Hand voller Kies und dem prasselnden Geräusch des Eintauchens in den Spiegel des Sees, länger mag es nicht gewesen sein, länger mag es nicht angedauert haben.

In dieser Weise mutmaßt du viel später, als dieser Moment deines Lebens im Nachdenken über die Ereignisse, im Erzählen der Biografie deines Sohnes, im Deuten vielleicht dessen, was geschehen ist, zurückkehrt in dein Bewusstsein, auf ganz neue Weise, doch ebenso abrupt. Denn an jenem bald darauf folgenden Tag, an dem du in der Abendsonne des Spätsommers im Garten sitzt mit deiner Frau, im Anschluss an die Tage am See, entspannt und glücklich, zufrieden und versöhnt mit allem, da erwähnt sie, fast nebenbei, sie fühle sich eigenartig, und sofort kehrt dieser Moment des frühen Morgens, kehrt der Dunst des aufsteigenden Wassers über der spiegelglatten Fläche, kehren alle Bewegungen und Geräusche zurück in dein Bewusstsein, sogar das Kichern deines Sohnes hörst du, und du sprichst es aus mit Bestimmtheit, ohne jeden Hauch eines Zweifels, das sei kein Wunder, da sie schwanger sei. Du bemerkst ihren erschrockenen Blick, das Verharren ihrer gestreckten Finger, das Glimmen der Zigarette dazwischen, knapp vor ihren feinen Gesichtszügen, und du lachst und wiederholst, daran gebe es keinen Zweifel, du wüsstest es längst, seit diesem Morgen, seit diesem durchsichtigen Moment, da die Sonne auftauchte und die Enten schnatterten und alles sich verband zu einem einzigen Gedicht.

Und dann freust du dich, wie sie losrennt, da ihr nur wenige Minuten bleiben, um einen Test zu kaufen, gleich in der nächsten Apotheke, aufgeregt steigt sie in euer Auto, fährt los, und du rufst ihr noch nach, sie solle vorsichtig fahren.

Erneut beginnt ihr Hadern, erneut beginnen Ängste aufzukeimen, erneut ruft sie ihren ganz persönlichen Notstand aus. Und doch weißt du – sogar als kleine Blutungen sich einstellen –, dass es gut wird, dass an diesem dummen Zeichen, das dich verpflichten wird, nicht zu rütteln ist. Und du versprichst dir, dich an dein Hadern genauso zu halten wie an deine Bekundungen, von jenem Tag an, da das Kind unter dem Herzen deiner Frau das Licht der Welt erblickt. Vielleicht, denkst du später darüber nach, ist dies der letzte Schritt in dein Erwachsenenwerden: das Annehmen jeder Situation und auch das Eintreten für all die Gedanken, die dich ausmachen, das Hadern eingeschlossen.

Und dann darf es so sein. Dann kommt deine Tochter zur Welt, und all die Mühen des ersten Babyjahres beginnen von vorne, und alle Nöte und Verzweiflungen lösen sich auf, ohne dass du auch nur einen Tag deinen toten Sohn und alle seine Sternenkind-Geschwister vergisst. Auch nicht in Gesprächen. Auch nicht gegenüber jenen, die dir sagen, nun könntet ihr froh sein. Auch nicht gegenüber jenen, die das Ende der Geschichte zu erkennen meinen.

4. Juni 2017

Nun leben die Pole des Lebens in eurem Haus. Zwei Kinder und mit ihnen das Lachen, das Toben, das Vergnügen und die Abenteuer, zugleich die üblichen Sorgen und Wehwehchen. Und dann eure toten Kinder, die Maßgaben des Lebens, die lehrreichen dunklen Seiten, die Matrix eurer Erziehung, der eigenen wie auch jener eurer Kinder. Ihr wollt nicht nur traurig sein, eure Kinder würden darunter leiden. Zugleich sollen eure zwei von den anderen wissen. Sollen mit ihnen aufwachsen. Ihr wisst, dass ihr von ihnen sprechen müsst. Sie sollen ihren Platz im Haus haben, ganz natürlich und ohne dramatischen Unterton.

Deine Frau lässt sich operieren, gleich nach der Geburt eurer Tochter. Nun nämlich ist es genug, genug gelitten, genug gebangt, genug gehofft, seid ihr euch einig. Das Einzige, das euch von Pablo geblieben ist, soll einen die Zeit überdauernden Platz erhalten. Das Bild eures Sohnes wird in einen Ordner geheftet, sorgsam aufbewahrt in einer Schutzhülle. Du wirst noch tausende Bilder machen in deinem Leben. Du wirst noch millionenfach abdrücken mit deinen Kameras. Dieses eine Bild jedoch, das weißt du, wird das wichtigste aller Bilder bleiben, ohne Negativ, ohne zweiten Abzug. Dieses eine Bild. Eine Schwarzweißkopie ziert zunächst den kleinen Rahmen, und später dann, viel später erst, wird die Technik zur Digitalisierung führen. Dann erst darf ein Farbbild dem Licht ausgesetzt werden, wird im Rahmen landen und auf dem Schrank stehen. Niemals aber wird das Original dem Tageslicht ausgesetzt, bleibt in eurem Ordner aufbewahrt.

Zunehmend drängen dich deine Sternenkinder, dich mit Fragen der Bestattung und mit Gedächtnisorten auseinanderzusetzen. Manchmal lachst du und stellst fest, fünf Kinder habt ihr verloren und fünfzig Kinder fordern dich nun, durch deine Arbeit im Internat, jedes dieser Kinder unvergleichlich. Bald schon werden es hundert sein, und bald darauf wirst du dich von ihnen verabschieden, da dich dein Weg weiterführt.

Du erzählst deinem Sohn nun davon: Wie du durch die Jahre gehst, auf der Suche nach Antworten auf sein Sterben. Du erzählst ihm von all den Zeitungsartikeln, die bis heute in seinem Ordner überdauert haben. Von einem Bericht beispielsweise schreibst du ihm an diesem Tag, einem Bericht, der statistische Erkenntnisse sammelt, wenn es um die Kinderfrage geht, Ende 2001 erschienen in der Wochenzeitung *Die Zeit.* Viele Menschen, heißt es darin, wollen gar keine Kinder, ihrer Karriere wegen, ihrem Rollenbild wegen. Im Jahr 2004 setzt du dich ohne jegliche Erinnerung daran mit der *sophrologischen Entspannungsübung* auseinander, von der du nun deinem Sohn erzählst, bei der man sich eine Holztruhe vorstellen müsse, in die man alle seine negativen Gedanken hineinpacke. Du lachst, während du deinem Sohn davon berichtest. Und im selben Jahr begegnen dir die *Phasen des Schwerkranken und Sterben-*

den. Du lernst das Nichtwahrhabenwollen kennen, die Auflehnung, das Verhandeln und Feilschen, die Depression und schließlich die Annahme. Wenig hilfreich, denkst du, sterben muss man dann sowieso.

Während deines Blätterns im Ordner fällt dir sowohl die Geschichte einer Frau in die Hände, die am Bach ihrem Lebenssinn nachspürt, als auch eine ganze Magisterarbeit mit dem Titel *Diagnose Fehlgeburt – Einblick in das Erleben von Männern.* Du liest all diese Dinge nicht mehr, die abgelegt darauf warten, eines Tages ein Sachbuch mit vielen klugen Sätzen zu werden. Das ist nicht deines. Es wird nie deines sein. Die Hürden und Aufgaben eures Alltags nehmen in all den Jahren, in denen ihr euren Sohn und alle anderen Sternenkinder nicht vergesst, weder zu noch ab. Da hilft kein wohlwollendes Sachbuch.

Deinem Sohn erzählst du an diesem 4. Juni von deinen vielen Tagebucheinträgen, die du in den letzten Tagen in deinen Metern an Notizbüchern im Regal gefunden und nun durchgeblättert hast. Immer wieder fandest du darin über und für ihn und seine Geschwister Geschriebenes.

Du erinnerst dich gut an den herrlichen, aber kalten Frühlingstag, an dem du mit deinem Hund durch eine Au spaziertest, gleich neben jenem Fluss, der den Süden eurer Kleinstadt begrenzt. Dein

Hund rannte durchs flache Wasser und schnappte nach Steinen. Dann kam dein Bruder mit seiner Familie dazu.

Tagebucheintrag, 27. April 1993

Mein Bruder trägt seine Tochter Hannah auf seinen Schultern durch den Bach. Mein Hund taucht nach Steinen. Die Sonne steht tief. Der Frühling mag keimen. Noch ein Monat, sagen die anderen, dann soll ich Vater werden. Es scheint mir in diesem Moment, als hätte allein ich nicht vergessen, dass ich schon einer bin.

Kurz vor der Geburt eurer Tochter ahnst du erstmals, dass Sternenkindern eine Stimme gegeben werden muss. Die Menschen, schreibst du, beschäftigen sich zu sehr mit Negativem. Du bist in dieser Zeit sehr aufmerksam, wenn eure Bekannten das Wort *aber* benutzen. Sie tun es ständig.

Tagebucheintrag, 7. Februar 1997

Ist die Last negativen Denkens nicht unerträglich, ist nicht unsere Ahnung dieses Dramas schon genug, sich nicht freiwillig damit auseinanderzusetzen? Heute, Pablo, beim Holen der Zeitung von unserer Fußmatte, drängt es sich in unser Haus, das Negative, präsentieren uns erschütterte Journalisten erschütternde Orgien, deren Kenntnisnahme von keinerlei Nutzen ist, außer dem einen, sich sofort in ein Flugzeug zu setzen und den Ort der Krankheit aufzusuchen, um schlichtend, lindernd, helfend einzugreifen. Wäre das dann gemeint mit einer besseren Welt, dieses Handeln? Wer ein einziges Übel kennt und nicht sofort handelt, sollte die Zeitung abbestellen. Ich denke an dich und weiß nicht, warum du mir in diesem Moment einfällst. Obwohl, du kommst mir im Grunde ja jeden Tag in den Sinn.

In den Tagen vor der Geburt deiner Tochter denkst du oft an dein Hadern in jener Nacht, als du deinen toten Sohn in den Armen hieltest.

Tagebucheintrag, 10. April 1997

Wo es keine Einsichten der Menschen zum Tod deiner Kinder gibt, da spielt das Leben mit dir Theater. Die Verzweiflung bleibt dramenspendender Spannungsbogen. Motor ins Verderben. Noch nie war meine Gewissheit größer, dass alles vorgegeben ist, dein persönlicher Leidensweg vorgezeichnet. Es scheint, du bekommst, was dir zumutbar ist. In Stein gemeißelt gibt es kein Entrinnen. Es gibt kein „hätte ich doch nur", kein „was wäre wenn", kein „es ist gut so, wie es ist".

Nicht einmal das Schreiben bleibt mir momentan Trost, mein Sohn, ist es doch nur das Vermessen der Vermessenheit jener Menschen, die eine Meinung haben, wo sie besser schweigen sollten. Lichtblick bleibt mir allein, dass wir nun bald wieder Eltern werden dürfen. Zugleich sind meine schrecklich negativen Zeilen jenen gewidmet, die unlängst meinten, wir sollten dich vergessen und froh sein.

Dann, ein Geburtstag. Einer jener Tage, an denen du sein Bild betrachtest. Einer jener vielen Tage, an denen du deinem Sohn einige Zeilen widmest.

Tagebucheintrag, 26. April 1998

Je niedriger ein Mensch in intellektueller Hinsicht stehe, schreibt Schopenhauer, desto weniger Rätselhaftes habe für ihn das Dasein selbst. Ihm scheine vielmehr alles, wie es sei, und das sei von selbst zu verstehen. Das klingt fast kindlich für mich, denn nur als Kind meine ich, die Welt sei so, wie sie sei. Spätestens seit unseren Sternenkindern verstehe ich die Welt vollkommen anders. Das Nachdenken über das Leben bleibt scheinbar nur dann ohne Berechtigung, solange das Denken an den Tod nicht miteinbezogen wird. Und so widerspreche ich mir jetzt umgehend selbst: Bereits als Kind kamen mir Zweifel an der Welt, da mir Zweifel an mir selbst kamen und ich mich fragte, wer ich in Wahrheit bin und warum ich genau an jenem Ort bin, an dem ich war. Das ist bis heute so geblieben.

Und dann, im ausgehenden Jahr 1998, siehst du dich auf eurer Terrasse stehen. Dein Hund neben dir. Er lehnt seinen Schädel an deinen Oberschenkel, so als wolle er sagen, es sei gut. Mir schien, schreibst du deinem Sohn, als wolle er mir zu verstehen geben, seine Aufgabe sei nun erfüllt. An diesem Tag trittst du die letzte Reise mit ihm an.

Tagebucheintrag, 28. Dezember 1998

Timba ist nun, wo auch immer wir es vermuten. Oder vielleicht: glauben wollen. So wie wir an Pablo glauben.

Auch eine deiner vielen beruflichen Reisen ist dir sofort erinnerlich, als du auf eine Tagebuchnotiz stößt, die du nachts im Bahnhofsrestaurant in Salzburg verfasst hast. Eine Nacht, in der dir plötzlich, wie so oft schon, dein Sohn in den Sinn kommt und du dich entschließt, dein Mobiltelefon zur Seite zu legen. Noch heute steht dir die Stube des Restaurants in allen Farben vor Augen.

Tagebucheintrag, 25. September 2002

Sorg dich nicht. Ich bin bei dir. Wenn ich wiederkehre als Knospe auf deinem Baum. Oder als Windstoß in deinem Haar. Wenn ich dich lächeln lasse angesichts einer Blüte, oder als warmer Sonnenstrahl auf deiner Haut. Wenn ich Frucht werde im Sommer, oder auch im Verblühen. Sorg dich nicht. Ich bin bei dir. Als Träne in den Augen deiner Frau, als Schmerz in deiner Brust. Ich bin die Freude und die Sorgen, ich bin die Trauer und das Vergnügen. Ich bin das Leben, ganz bei dir, sorg dich nicht.

Immer wieder führen euch eure Reisen nach Graz. Längst schon wollen deine Frau und du wegziehen aus der Kleinstadt. Manchmal betonst du, du wollest der Kleinstadt nicht deinen Rücken, sondern vielmehr dein Gesicht dieser Großstadt zuwenden. Allein eure Kinder, *auch du, Pablo*, so schreibst du ihm an diesem Tag, halten euch in der Provinz. Du blühst dennoch auf in den Tagen bei deiner Schwägerin, an denen du mit deinen Kindern in der Straßenbahn quer durch die Stadt fährst, an denen du Galerien und – in jenem Jahr, in dem die Tagebuchnotiz verfasst wurde – die vielen Ausstellungen der europäischen *Kulturhauptstadt Graz* besuchst.

Tagebucheintrag, 19. April 2003

Nachts um halb eins erörtern wir die Frage, ob es einen Gott tatsächlich gibt. Die anderen finden wenig Gefallen daran, dass, sofern es einen gibt, die Kirche dazwischensteht. Ich stimme dem zu und beharre darauf, dass die Wahrscheinlichkeit so oder so für eine Existenz Gottes spreche. Angesichts des bevorstehenden Karfreitags, erläutere ich klugscheißerisch, sei der Irakkrieg nicht verwunderlich. Dennoch, gebe ich dann sehr gescheit von mir, müsse Gott in letzter Konsequenz gut sein, auch wenn er uns einen Sohn und vier andere Kinder genommen habe. Dann, während des Einschlafens, denke ich, dass es keinen wirklichen Sinn ergeben würde, hätte Gott eine nur gute Welt geschaffen, es gliche gequälter Langeweile. Deshalb graut mir vor einem Leben danach. (Bis auf den Umstand, das ich alle meine Kinder kennenlernen dürfte.) Tags darauf schieße ich ein Foto von meiner Schwägerin. Sie streckt mir darauf die Zunge entgegen, vielleicht eine Abrechnung für den Abend. Am Karfreitag zünde ich für Pablo und seine Geschwister Kerzen an. Der Pfarrer gibt leider nur Schwachsinn von sich, nimmt sogar die jüngsten Fußballergebnisse der Regionalliga in seine Predigt auf. Was für eine Anbiederung, denke ich. Kein Wort über den Irakkrieg.

Deine verbliebenen Zweifel an einer Existenz Gottes zwingen dich, bescheidener, vielleicht selbsttröstend zu denken. Als du die Tagebuchzeilen des 19. September entdeckst, weißt du noch nicht, dass du damit vollkommen falsch liegst.

Tagebucheintrag, 19. September 2003

Mein Sohn ist unsterblich. Das sage ich so dahin. Solange ich lebe, wird er unsterblich sein. Weil ich ihn mit mir trage. Jeden Tag. Meinen Großvater trage ich auch mit mir. Mit meinem Tod erst werden sie sterben. Ich werde noch ein Stück weit leben, in den anderen. Wenn sie dann aufhören, von mir zu sprechen, werde auch ich tot sein.

Als du einige Jahre später erneut ein Manuskript mit rund hundertsechzig betroffenheitsschwülstigen Seiten in deinen Shredder stopfst, wird dir klar, dass du noch immer nichts zu erzählen hast.

Tagebucheintrag, 1. November 2006

Noch immer setzt Sprache aus, wenn ich versuche, das Unbegreifliche niederzuschreiben. Auch heute, an diesem Tag, an dem alle Menschen wieder an die Gräber gehen. Nach so vielen Jahren setzt Sprache aus. Und immer wieder gerate ich in Situationen, die meine Enttäuschung über die Menschen aufs Neue bestätigen. Man möchte meinen, es sei überwun-

den. Doch die Prägung durch den Tod unserer fünf Kinder lässt diese Wortleere nicht enden, lässt die Enttäuschung nicht versiegen. Nur eines weiß ich: dass ich mit jeder unserer Schwangerschaften ein glücklicher Mensch gewesen bin. Dass ich mit jedem unserer Kinder nicht trauriger, sondern reicher geworden bin. Dass ich dankbar bin für dieses Leben.

Als vor einigen Jahren ein junger Mann einen schlimmen Fehler machte und unseren Sohn mit dem Auto niederfuhr, als er ihn verletzte und unser Sohn noch großes Glück hatte, nicht getötet worden zu sein, da wartete dieser junge Mann mit einem Rechtsanwalt auf und behauptete, ihn treffe keine Schuld. Er hat sich nie entschuldigt für sein Verhalten. Angesichts solcher Situationen, in die wir geraten, kann die einzige Antwort auf die Menschen doch nur sein: eine weitreichende Enttäuschung.

Bereits ein Jahr darauf drängt es dich erneut, Pablos Geschichte zu erzählen. Du nennst diese Arbeit *Totenbuch*. Auch sie wirst du in den Shredder stopfen.

Tagebucheintrag, 16. April 2007

Ich lese Worte von Franz Xaver Kroetz und denke an das Totenbuch, das ich schreiben möchte – nein, besser, das zu schreiben mich seit 1998 drängt. „Jetzt bin ich einund-

sechzig", sagt Kroetz, „und kann nichts mehr werden. Es ist mir auch egal. Die paar Dinge, die ich wirklich wollte, sind nichts geworden. Ich wollte eine glückliche Ehe bis zum Ende meiner Tage haben. Wir sind geschieden, und das ist ein Unglück. Ich wollte auch bis zum Lebensende schreiben, ich bewundere die Handkes, Walsers und Grasses, dass sie die Kraft haben und nicht aufgeben." Obwohl sie ihn dann doch nicht interessieren, sagt er.

So ist, denke ich, das Leben. Das, was wir schaffen wollen, schaffen wir nicht. Das, was es zu schreiben drängt, muss ich notieren, und wenn es noch so erfolglos bleibt. Auch das gehört in ein Totenbuch, so man eines schreiben muss.

Im Jahr 2007 schreibst du eine Karte an deinen Sohn. Zu diesem Zeitpunkt ist dir nicht bewusst, dass es die einzig richtige Form ist, dich zu äußern. Da es die Lesenden ausspart.

Tagebucheintrag, 26. April 2007

Pablo, dein Tag. Wir müssen über das Leben sprechen, denn abseits des Todes ist die Not der Existenz noch immer leitendes Motiv all der Dinge, die wir tun. Angesichts deines zwölften Tages nun wird mir deutlich, mein lieber Pablo, dass die Mühen des Lebens nichts sind im Angesicht des Todes.

Und zugleich, dass den früh Gestorbenen die Mühen unendlich bedauerlich vorenthalten bleiben.

Viele Monate mühst du dich ab, ein neues Manuskript zu verfassen. Anfang April 2008 – du blickst von deinem kleinen Arbeitszimmer des Reihenhauses hinauf auf euren Hausberg – wirfst du den Shredder an und tauchst Seite um Seite des *Totenbuches* in den schmalen Schlitz.

Tagebucheintrag, 5. April 2008

Ich hoffe darauf, dass es irgendwann, eines Tages, wesentliche Einsichten gibt, die uns helfen, den langen November unseres Lebens zu begreifen.

In den vergangenen zwei Jahren hast du viele Krisen durchlebt. Du bist Mitte vierzig und hast das Gefühl, es bewege sich nichts mehr.

Ein halbes Jahr ist vergangen, seit ihr euch entschieden habt, nach Graz zu ziehen. In diesem Jahr fährst du jeden Monat zweimal in die Steiermark, um gemeinsam mit Maklern Häuser und Grundstücke zu besichtigen. Während einer Zugfahrt liest du Vilém Flusser. Den kennst du seit sieben Jahren, seit Graz Kulturhauptstadt Europas war.

Tagebucheintrag, 20. April 2010

Ich lese das Buch „Auf der Suche nach Bedeutung". Vilém Flusser sagt darin, von Bedeutung sei, sich selbst anzunehmen, um sich zu ändern. Ein schöner Satz. Erst wenn wir uns und unser Schicksal annehmen, dann können wir uns ändern. In sechs Tagen hat unser Sohn Geburtstag. Ich werde sein Bild vom Schrank holen.

Seit drei Jahren lebt ihr in Graz. Kaum ein Wochenende vergeht, das ihr ohne Gäste seid. Eure Nichten gehen ein und aus.

Dein lebender Sohn zieht aus. Du erinnerst dich gut daran, dass es ein trauriger Tag war, als er das Haus verließ. Dennoch weißt du, dass es Zeit geworden ist, einander ein kleines Stück loszulassen.

Wenige Tage nach Pablos Geburtstag wirst du auf dem Weg zur Arbeit überfahren. Das Einzige, an das du dich erinnerst, bevor dein Bewusstsein ausgelöscht wird, ist der Umstand, dass du dich glücklich gefühlt hast.

Tagebucheintrag, 9. Mai 2014

Vor wenigen Tagen hat mich ein Auto überrollt. Hat mich in eine Seitengasse geschleudert. Die Ärzte sagen, ich hätte großes Glück gehabt. Ich erinnere mich, mit einem Lächeln auf den Lippen auf dem Weg zur Arbeit gewesen zu sein. Dann gingen die Lichter aus. Einfach so.

Als ich erwachte, dachte ich: Ich muss niemanden anrufen. Meine Frau weiß, dass ich sie liebe. Meine Kinder wissen, dass ich sie liebe. Alles ist gut. Ich kann gehen. Wenn es wahr ist, werde ich Pablo und alle meine anderen Kinder treffen. So dachte ich. Und jetzt muss ich ständig an die Frage denken, wie zufrieden ein Mensch sein muss, dass er so denken kann. So sollen wir leben.

5. Juni 2017

An diesem Tag findest du frühmorgens in Traute Forestis Buch einige Zeilen, die dich ansprechen, als spräche dein Sohn dich an. So nimmst du ein weiteres Blatt Papier, stellst deine Kaffeetasse ab und schreibst an ihn. Die Sonne wirft währenddessen die ersten straffen Schatten in eure Wiese. So klar ist die Luft, dass die Schatten tiefschwarz erscheinen.

Lieber Pablo!

Gerade eben kommt mir ein Gedicht entgegen, von Traute Foresti.

Ich möchte dir
dieses kleine
Liebeslied schreiben
dir Geliebter
von dem ich nicht weiß
wo du bist
ich möchte dir
wie im Windhauch
ein Blatt
in die Arme treiben
dir Geliebter
der mich von weither
begrüßt
ich möchte dir
etwas vom Leben
sagen und spüren
dass es in dir
weiterklingt
und dass es
in all deinen Erdentagen
mein Liebeslied
in dein Herz einsingt

Du erzählst deinem Sohn vom Buchhändler, der dir *Tod, du wirst meine letzte Liebe sein* empfohlen hat, in einem Antiquariat in Passau, du warst vor ein paar Jahren beruflich dort und hattest Zeit, dich zu vertiefen in die Bücher des freundlichen alten Mannes, der dich mit vielen neuen Autoren bekannt machte. Du blätterst oft in Forestis Buch, allein des Titels wegen.

16. Juni 2017

Sofern du, erklärst du deiner Frau, Pablo tatsächlich sein Leben habest erzählen wollen – wobei du dich kurz fassen wolltest –, dann habest du eurem Sohn seine Biografie nun erzählt. Es sei alles gesagt: Er war und ist immer einer von euch.

Deine Frau freut sich, stellt aber Fragen: Ob du Pablo schon von den Bäumen erzählt hast? Und von den Begegnungen?

Dein Verneinen verweist auf Lücken. Ihr setzt euch zum Frühstück in den Garten und schaut in den sonnigen Morgen, ein wenig keimt das Gefühl von Ferien inmitten des Grüns in euch auf, die ersten Nachrichten hört ihr, die Musik aus dem Radio.

Tatsächlich, sagst du, es gibt Lücken.

17. Juni 2017

Du kramst in deinen Erinnerungen. Blätterst in deinen Tagebüchern. Und schließlich findest du eine Kiste mit Schwarz-weiß-Aufnahmen. Großformatige Fotos. Lange noch wird es nicht Herbst, denkst du, und dennoch kommt dir sofort das Bild eines wehenden Schleiers in den Sinn, auf jenem Friedhof, von dem du deinem Sohn bereits erzählt hast.

Grau drückt der Himmel erdwärts in diesem Herbst vor vielleicht zehn Jahren, senkt sich auf den Steinweg und die frischen Kränze. Es ist früher Morgen, du sitzt auf dem kalten Stein am Rande der Arkaden. In deinem Rücken das *Grab der K.*, dennoch spazierst du kurz darauf quer über den Innenhof auf ein anderes Grab zu, dein Besuch an diesem Herbstmorgen soll einem alten Bekannten gelten. Deine erste ernstzunehmende Fotoarbeit hast du mit ihm gemacht, diesem großen Mann der Fotografie. Alt war er, in seinen Achtzigern Ende des letzten Jahrtausends, meinst du dich zu erinnern.

Während du auf sein Grab zugehst, siehst du in deiner Erinnerung das alte Industriegebäude, siehst die schlanke, nicht mehr junge Frau, nackt, inmitten der rohen Mauern des Gebäudes, das zum Zeitpunkt der Aufnahmen umgebaut wurde. Ihr fotografiert sie, später werden diese Aufnahmen die renovierten Wände zieren. Der nackte Mensch wurde vor mehr als hundert Jahren in diesem Industriegebäude angekleidet. Hunderte Webstühle reihten sich dort aneinander. Ein Haus für die Frau, sagtet ihr, Frauen kleideten hier Frauen. Deshalb posiert das Modell nackt, inmitten der Handwerker, die stemmen, mauern und malen. Und während du auf seinen Grabstein zugehst, denkst du an sein Vermächtnis, hunderte, tausende Fotografien in Schwarz-weiß, und du denkst an die Zeit, die durch das alte Industriegebäude ging, wie sie auch durch euch geht und wie sie dennoch nur das Wesentliche freilegt. Zeit, die steht, denkst du, und Hermann Hesse fällt dir wieder ein. Da das Wesentliche niemals vergeht, da das Beständige in euren Erinnerungen daheim ist, steht sie still, die Zeit.

Und dann erinnerst du dich an einen der Sätze, den du an eine Tafel schlugst und der in diesem Moment, da du hier sitzt, dort zu lesen ist: *Geschichte entsteht durch Darstellung einer Erinnerung.*

Ihr mit euch
24. Juni 2017

Die Nachmittagssonne steht bereits tief, blinzelt durch die Blätter des Apfelbaumes in dein Gesicht. Du erzählst deiner Frau, dass du immer wieder das Gefühl hast, es bleibe trotz allem, trotz dieses guten Lebens, recht unfair. Du weißt, sie teilt deine Meinung, wenn auch in anderer Weise.

„Natürlich ist es unfair", sagt sie.

„Aber", nickst du, „es ist auch kompliziert. Ich kämpfe immer wieder gegen diese schlimmen Gedanken an. Ich weiß, es gibt Menschen, die wollen keine Kinder bekommen und bekommen sie, oder sie bekommen sie nicht, weil sie abtreiben. Erinnerst du dich an die Frau, die ich in Spanien traf?"

„Ja", antwortet deine Frau. „Ich habe mir oft gedacht, wenn diese Menschen von all denen wüssten, die keine Kinder bekommen können oder Kinder verlieren, dann müssten sie in keine Klinik gehen."

„Du hast es auch gesagt", sagst du.

„Was?“

„Du hast es nicht nur gedacht“, sagst du.

„Ja, ich weiß“, sagt deine Frau.

„Und ich habe darauf immer gesagt: Es ist kompliziert.“

„Und auch, es sei unfair, dass ich sage, es sei unfair“, sagt deine Frau. „Im Grunde ist es kompliziert.“ Dann schweigt sie einige Sekunden. „Aber trotzdem unfair“, sagt sie, worauf ihr beide lacht.

10. Juli 2017

In den vergangenen zwei Wochen hast du dir vorgenommen, mit dem Schreiben deiner Briefe an diesem Morgen fortzufahren. Du willst deinem Sohn von exakt diesem Julitag im Jahr 2015 erzählen. Zugleich erscheinen dir deine Briefzeilen an ihn mehr denn je paradox, gerade da es um die darauf folgenden Julitage gehen soll, seit denen du überzeugt bist, er wisse, was du ihm erzählst.

Du besteigst ein Flugzeug, das dich nach Bilbao bringen soll. Das Ticket hast du von deiner Frau und Freunden zu deinem fünfzigsten Geburtstag geschenkt bekommen. Nach deinem schweren Unfall. Sie meinten damals, es sei schade, wenn man Dinge, die man zwanzig Jahre lang machen wolle, nicht umsetze. Der Unfall habe gezeigt, dass man es tun müsse, man könne es nicht dabei belassen, nur davon zu sprechen.

Tatsächlich möchtest du seit 1998 nach Santiago gehen. Du sagtest stets, das gehöre zu deinem Versprechen seit Pablos Nacht.

Während sich die Boeing in einer steilen Kurve über Graz erhebt, durchläuft dich ein intensives Gefühl der Freude. Deine Heimat zeigt sich im Morgenlicht, Nebelfetzen steigen hoch, und das Grün der Felder unter dir glitzert taubeschlagen. Inmitten deiner Vorfreude auf das Kommende bist du auch ein bisschen traurig im Zurücklassen deiner Frau und deiner Kinder, sogar deiner Katzen. Doch diesen Weg musst du alleine gehen. Wolltest ihn immer schon alleine gehen. Und davon schreibst du deinem Sohn, jetzt, an diesem Morgen des zehnten Juli.

Du trägst eine sehr alte Jeanshose, ein ebenso altes T-Shirt und einen leichten Pullover. Alles, was deinen Leib umhüllt, soll bald schon entsorgt werden. Deine Reise führt dich nach Düsseldorf, kurz darauf sitzt du im Anschlussflug nach Bilbao. Während der Zwischenlandung gabelst du ein junges Mädchen auf, das sich hilfesuchend an dich wendet. Sie sei das erste Mal alleine unterwegs, erklärt sie dir, und es scheine, als scheitere sie bereits hier, in den Abflughallen einer ihr unbekannten Welt. Auch sie möchte nach Santiago gehen und du fragst dich, ob sie dort wohl je ankommen wird. Also nimmst du sie an deine Seite, führst sie zum Abfluggate.

In der Hitze der nordspanischen Stadt trennen sich eure Wege. Vor der Ankunftshalle wünschst du dem Mädchen alles Gute, deine Sorge um ihre Orientierung ist auch während des Fluges nicht weniger geworden. Du lächelst, als sie sagt, sie freue sich, solltet ihr euch in Santiago noch einmal begegnen. Nach der Landung jedenfalls besteigst du einen Bus, der dich zum Guggenheim Museum bringt, und erstaunt stellst du fest, dass sie eine Ausstellung über den Graffitikünstler Jean-Michel Basquiat zeigen. Du magst das Wilde, das Ruppige, das Unangepasste an ihm. Du magst auch seine Biografie, sogar sein Sterben mit achtundzwanzig Jahren magst du. Es erscheint dir schlüssig. Die Farbe Violett drängt sich in deinen Sinn, Grundstoff jenes Kunstkatalogs, der zu Hause im Regal steht. Bald darauf wirfst du deine Kleidung in den Mülleimer der Herrentoilette. Nun trägst du eine dünne kurze Hose, ein ärmelloses Shirt und deine Laufschuhe. Mit einem Kopfnicken verabschiedest du dich von deinem Spiegelbild, und vor dem Museum schießt du ein Foto von dir selbst. Es zeigt dein blasses, aufgeschwemmtes Gesicht. Zunächst gehst du tatsächlich in die falsche Richtung und drehst nach vierhundert Metern lachend um. Schon schwitzt du und fragst dich, wie du die sechshundert Kilometer bis Santiago auf diese Weise schaffen sollst. Das Mädchen aus dem Flugzeug kommt dir in den Sinn.

Während du den endlos langen Meeresarm hinauf bis zur Nordseite der Iberischen Halbinsel gehst, manchmal sogar läufst, freust du dich über die nun beginnende Einlösung deines Versprechens, das du deinem Sohn gegeben hast, das du ausgesprochen hast, als deine Tochter geboren wurde, das du zu planen begonnen hast, als sie ein Jahr alt war. Eines Tages, das versprachst du ihm, werdest du nach Santiago gehen. Um zu danken für die Veränderungen in deinem Leben. Als du erschöpft bei der Hälfte deiner Tagesroute in einer Gondel sitzt, die dich und andere Pilger über den Fluss bringen soll, als du deinen ersten Stempel in deinem Pilgerpass erhältst, erinnerst du dich an jene Nacht, als du deinen Sohn in deinen Armen hieltest, und an die Schimpftiraden an einen Schöpfer, den es damals nicht geben konnte.

Deine oft geäußerte Kritik an Religionsgemeinschaften hat mit deinem Pilgern nichts zu tun, rufst du dir in Erinnerung, darf damit nichts zu schaffen haben, es würde dein Gehen entweihen. Kein anderer Mensch hat mit deinem Pilgern etwas zu tun. Überhaupt willst du niemandem begegnen auf deinem Weg. Dein Pilgern soll ganz bei dir bleiben.

Nach den ersten elf Stunden findest du einen letzten Platz in einer Herberge: unter dem Tisch im Speiseraum. Du zahlst zehn Euro und bekommst einen Stempel in deinen Pass. Bald darauf liegst du auf dem Boden, hast zwei Tropfen Wasser erwischt, die den Geruch des Tages nicht abwaschen konnten, und wartest, bis der nächste Morgen graut. Noch im Dunkeln packen die ersten Menschen ihre Rucksäcke und traben los, um den Wettlauf hin zur nächsten Herberge zu gewinnen. Auch du trabst los, bewunderst die Brandung, die aufgehende Sonne, weichst dann von der Pilgerroute ab, um allein zu sein.

Einige Stunden darauf durchquerst du einen kleinen Fischerort und verläufst dich zum dritten Mal an diesem frühen Tag, als eine alte Frau deinen Weg kreuzt und du dich entschließt, sie anzusprechen. Als du dich auf Englisch artikulierst, meint sie, du könnest Deutsch mit ihr sprechen, sie sehe es an der Wanderkarte in deiner Hand, dass du aus Deutschland kämest, worauf du korrigierst, aus Österreich. Freundlich erörtert sie mit dir die roten Linien auf der Karte sowie vielfältigste Möglichkeiten des Weiterkommens und betont abschließend, im Grunde selbst keinerlei Ahnung zu haben. Ihr trennt euch lachend. Kurz darauf überholst du sie auf einer Schnellstraße, sie erscheint die geeignetste Route abseits der Pilgerströme zu sein, die höchst unattraktive Bodenbeschaffenheit wolltest du nutzen und als Belohnung niemanden dafür lachen hören. Nickend grüßt du sie und setzt Schritt um Schritt weiter voran, während es zu regnen beginnt.

Bei einer Haltestelle setzt du dich unter ein kleines Flugdach. Eine Ratte taucht auf aus dem Gebüsch, sie trägt einen frechen Irokesenschnitt und baut sich bettelnd vor dir auf, worauf du ihr ein paar Keks-krümel zuwirfst und ihr beide nun fast einträchtig kauend dasitzt, das Tier auf den Hinterbeinen.

Die alte Frau holt dich ein und stellt sich neben dich unter das kleine Dach der Haltestelle, die Ratte bleibt sitzen. Du deutest auf das kleine Tier und erklärst lächelnd, damit sei wohl belegt, dass es nicht klug sei, im Freien zu schlafen. Die Frau lacht, und du wunderst dich, dass sie sich nicht ekelt vor einer Ratte.

Es geschieht, was du in den Jahrzehnten der Vorbereitung auf diese Tage stets abgelehnt und verneint hast: Ihr setzt euren Weg gemeinsam fort. Noch während der ersten Schritte denkst du, für den Moment, hier im Nirgendwo, mitten in einem Aufstieg auf einen Berg, weitab vom Rauschen des Meeres, da mag es in Ordnung sein, mit dieser alten Frau, deren Tempo du bewunderst, eine Weile zu gehen, und abends dann, als ihr in stummem Einverständnis an einer Herberge vorbeigeht, um euch in einem Fischerort in der dritten Reihe eine billige Pension zu suchen, da wirfst du deine Vorbehalte über Bord und weißt, ihr werdet auch morgen euren Weg gemeinsam fortsetzen.

Zurück im Jahr 2017, an diesem heißen zehnten Juli, freust du dich über diese Begegnung, und du schreibst deinem Sohn, wie sehr diese Frau dich beeindruckt hat, wie sehr ihr euch wortlos verstanden habt, wie synchron ihr gewesen seid, und auch, wie aufrichtig eure Gespräche waren.

11. Juli 2017

Mit der alten Dame gehst du über Tage hinweg. Das stille Einverständnis, die Zeiten des Schweigens und des Redens, die Zeiten des Denkens und der Zerstreuung schweißen euch zusammen. Nichts musst du mit ihr bereden. Alles geschieht von selbst. Längst hat sie einen Namen, und du bewunderst ihre Zähigkeit in der Hitze, auf dem Asphalt, während der steilen Anstiege und den Wegstrecken durch die Felswände und Hochebenen.

Eines Abends landet ihr an einem Strand. Sie erzählt von ihrem Leben, von ihrem inzwischen dritten Versuch, nach Santiago zu gehen, um Vergebung zu erlangen. Sie fühle sich mit großer Schuld beladen, erzählt sie, habe eine Beziehung zu einem verheirateten Mann gehabt, ein Leben lang, sein Leben lang, mehr als vierzig Jahre hindurch, habe zwei Kinder von ihm empfangen, dem vierfachen Familienvater, und habe diese Kinder vor dreißig Jahren bereits abgetrieben. Sie sei nach Holland gefahren, um die Eingriffe vornehmen zu lassen, und erinnere sich an das kleine Zimmer, in dem die Frauen danach einige Stunden verbringen mussten. Sie erinnere sich an die bedrückende Stille und die Wortlosigkeit in den zögerlichen, nichtssagenden Dialogen. Sie habe ihre Abtreibungen hingenommen, sei selbst Medizinerin. Nun erst, alt und allein, da ihr Geliebter verstorben sei, spüre sie dieses bedrängende und nicht zu löschende Gefühl der Schuld, und sie wandere verzweifelt nach Santiago, um endlich Erlösung zu spüren, Vergebung vielleicht, doch sie empfinde nichts, nicht das geringste Gefühl der Erleichterung. Dies nun sei ihr letzter Versuch, und sie sei froh, dich getroffen zu haben, sagt sie, dennoch bedrücke es sie, einem Mann zu begegnen, der Kinder hatte haben wollen und fünf Sternenkinder ertragen müsse.

Als sie dich fragt, wie du damit zurechtkommst, antwortest du, dass du mit ihnen sprichst, besonders mit deinem Sohn. Es sei eine Gunst, ihn in den Armen gehalten zu haben, und oftmals, sagst du, gebest du ihm sogar die Bitte mit, all seine Sternenkind-Geschwister, deren Geschlecht du nicht kennest, besonders im Auge zu behalten. Als die alte Dame dich stirnrunzelnd anblickt, lächelst du und sagst, vielleicht solle sie versuchen, mit ihren Kindern zu sprechen und ein weniger bettelndes und erbärmliches Bild abzugeben. Lachend meldet die alte Medizinerin ihre Zweifel an, diese Kinder seien nichts anderes gewesen als ein Zellbündel, worauf du verneinst, da eben eine solche Erkenntnis dazu führe, am Ende des Lebens eine Schuld zu empfinden, die nicht auszulöschen sei, da könne sie noch tausendmal nach Santiago pilgern.

Bald darauf trennen sich eure Wege. Die alte Frau möchte einen Umweg einschlagen, hat von einem besuchenswerten Kloster gehört. Sie fragt nicht, ob du sie begleiten möchtest, solche Fragen sind in eurem stillen Einverständnis nicht notwendig. Ebenso unspektakulär, wie ihr euch begegnet seid, so unspektakulär trennt ihr euch. Bei einem letzten Abendessen sprichst du über deine Bedenken, ob dein Weg nun nicht hier zu Ende sei, dein Pilgern nach Santiago hier mit dem Ende eurer Begegnung seinen Sinn erfüllt habe. Sie verneint lächelnd. Bei der Verabschiedung fragt sie dich, ob du, der Sternenkind-Vater, sie, die Abtreibungs-Mutter, schuldig sprechen müsstest, sie könnte es verstehen. Es gelte nicht aufzurechnen, sagst du, dass sie Kinder zu verschenken gehabt hätte, diese Rechnung funktioniere nicht für euch.

Am ersten Abend ohne deine Begleiterin stolperst du über eine Treppe und ziehst dir einen Muskelfaserriss am Schienbein zu. Humpelnd setzt du deinen Weg fort. Während deines schmerzvollen Gehens begegnest du einem weinenden kleinen Kind am Wegrand, mitten in einem dichten Wald, und führst es an deiner Hand ins nächste Dorf, wo es sich losreißt und in einer Seitengasse verschwindet, und du fragst dich, was das nun gewesen sei. Du begegnest einer Gruppe junger Menschen, denen du einen Kuchen schenkst und dafür ein Armband mit einem Kind darauf erhältst, du begegnest in einer Herberge einem jungen, spanischen Mädchen, das in Halbschuhen nach Santiago geht und deren blutige Blasen an den Füßen du versorgst. Und als du dich zum ungezählten Mal verläufst, begegnest du einer Gruppe Jugendlicher, die dir nachpfeifend den richtigen Weg anzeigen. Während du dahinhumpelst, ruft dich eine Freundin an und erzählt dir, sie sei nun endlich schwanger, du sollest ihr Kind mitnehmen nach Santiago, damit alles gut werde dieses Mal. Wenige Tage darauf ruft dich ihr Bruder an und erzählt, seine Frau habe letzte Nacht ihr Kind verloren, du sollest es in Gedanken mit dir nehmen, aber der Schwester nichts davon erzählen, sie würde sich ängstigen, nun auch ihr Kind zu verlieren, ein zweites Mal.

Und dann, auf den letzten drei Kilometern hin zur Basilika von Santiago, da schleppst du dich humpelnd durch den dichten Pilgerstrom, und unter all diesen Menschen humpelt plötzlich eine junge Portugiesin neben dir. Du wunderst dich über die Synchronität eurer Biografien. Sie humpelt, da sie einen Unfall hatte, auf ihrer Vespa. Du selbst humpelst, da du einen Unfall hattest auf deiner Vespa. Sie hatte viele Knochenbrüche. Du hattest viele Knochenbrüche. Dein Knie rechts, ihres links. Und dann bleibt sie stehen und beginnt zu weinen, erzählt von ihrer Motivation, nach Santiago zu gehen. Nichts hast du gefragt, und doch sprudelt es aus ihr heraus, sie gehe für ihre Schwester, die schon lange schwanger habe werden wollen, und nun, heute früh, am letzten Tag ihres Pilgerns, da habe die Schwester sie angerufen. Sie könne es nicht glauben, es sei nicht zu fassen, sie sei schwanger. Auf den letzten Metern begegnest du gemeinsam mit dieser beseelten Portugiesin einer jungen schwangeren Bettlerin, unverkennbar, untäuschbar durch den blankgelegten Bauch, und ihr bleibt beide lächelnd stehen, um eure Münzen in ihre Schale zu werfen.

Während du deinem Sohn an diesem heißen Tag im Juli 2017 in deinem langen Brief all dies erzählst, erscheinen die Lettern auf dem Papier irreal, fremd und eigenartig. Zugleich, auch das schreibst du ihm, verbanden sich alle deine Erfahrungen, weit über dein Gehen, weit über diese Pilgertage hinaus, in der Basilika von Santiago. Was vor vielen Jahren am morgendlichen See mit dir geschah, im aufsteigenden Dunst, im Schnattern der Enten, im Lachen deines Sohnes, im Prasseln der Kieselsteine auf dem Wasser, in einem Sekundenbruchteil alles, das sich je ereignete, geschieht nun in dieser Basilika. Du schreibst deinem Sohn und all deinen Sternenkindern, es müsse nicht weiter erläutert werden. Sie seien ja dabei gewesen.

16. August 2017

Du sitzt unter dem Apfelbaum und liest eine schöne Geschichte aus Frankreich. Dein Blick wandert einen Moment hoch und gleitet über den Blumengarten vor dir, über den Holzzaun, den rostigen Korpus deiner Unfallvespa, die du in den Blumengarten gestellt hast, dann die Kieselsteine, die gelben, weißen, dunkelroten Blüten. Du denkst an den grünen Daumen deiner Frau.

Und wieder, erneut, zum millionsten Mal vielleicht, denkst du an eure gemeinsame Geschichte und die große Liebe, die du immer für sie und alle deine Kinder empfunden hast, auch angesichts dieses kleinen Gesichtsfeldes, angesichts dieser Blüten und Gegenstände. Du hättest nun gerne den Fotoapparat bei dir, um es festzuhalten. Den Augenblick bannen, denkst du und weißt dank deiner vielen Briefe, die du deinem Sohn inzwischen geschrieben hast, dass Zeit nicht existiert. Es gibt keine Chronologie.

Ihr mit euch
17. August 2017

„Wozu halten wir die Dinge fest?“, fragst du, während du zwei Eier köpfst.

Eine kühle Brise streift durch die Veranda. Deine Frau setzt sich. Sie weiß um die rhetorische Frage, hört es an deiner Betonung. Also sagt sie nichts darauf.

„Fotografie“, sagst du, „das ist das Festhalten unserer Dilemmas.“

„Welche Dilemmas?“

„Nichts“, lachst du, „einfach nur so. Ich dachte gerade an Buchlektoren.“

„An deinen?“, fragt sie. Sie weiß, dass dein Buch gerade lektoriert wurde.

„Ja“, lächelst du. „Sie mögen keine unscharfen Sätze. Wenn ich sage, mit dem Fotoapparat halten wir unsere Dilemmas fest, dann bitte hat man seine Fantasie zu bemühen, was damit gemeint ist.“

„Unscharfe Sätze?“, wiederholt deine Frau.

„Ein unscharfer Satz, das ist eine unscharf formulierte Aussage, die mir beim Lesen genügend Raum lässt, mir meine Gedanken darüber zu machen. Meine Briefe an Pablo sind voller unscharfer Sätze. Man soll sich Gedanken machen. Oder noch schöner: Was der Lesende dank seiner eigenen Erfahrungen vermutet, das gemeint sein könnte, das liest er oder sie in den Sätzen.“

Deine Frau sagt nichts darauf.

„Ich will damit nur sagen: Was immer ich schreibe, es bleibt ungenügend.“

17. August 2017

Morgens um sechs sitzt du im Halbschlaf am Küchentisch. Wie immer, wenn du nicht schreibst, läuft die Stereoanlage. Und plötzlich kommt dir ein Interview in den Sinn, ein Gespräch im Frühstücksradio, während du die Zeitung durchgeblättert hast, kaum einen Monat her. Du vernahmst am Rande, dass über einen Menschen gesprochen wurde, der ein Frühchen gewesen sei. Sofort fokussiertest du deine Aufmerksamkeit auf den fröhlichen Moderator, der den Mann interviewte, dessen Namen du versäumt hattest. In wenigen, gut gelaunten Sätzen erzählte er, es stimme, man habe nie geglaubt, dass er einmal einen Meter neunzig groß werde, sei er doch vor zweiundzwanzig Jahren in der achtundzwanzigsten Schwangerschaftswoche mit achthundertfünfzig Gramm zur Welt gekommen und habe die ersten hundert Tage seines Lebens im Krankenhaus verbracht. Sein Vater habe gesagt, er habe ausgesehen wie ein Vogel, der aus dem Nest gefallen sei.

Dein Blick fällt auf das Foto auf dem Schrank. Vierundzwanzigste Schwangerschaftswoche. Etwas mehr als siebenhundert Gramm. Keine hundert Tage waren ihm vergönnt, deinem Sohn. Du stellst dir euren Zweiundzwanzigjährigen mit einem Meter neunzig vor.

Die Gedanken daran lassen dir keine Ruhe. Also stehst du auf, nimmst die Treppe hoch in deine Bibliothek und ziehst den dicken, grauen Ordner noch einmal hervor. Der Name deines Sohnes, angefertigt mit fetten Rubbelbuchstaben, jener in den Neunzigerjahren üblichen Form der Beschriftung, zeigt an, was du darin finden wirst.

Du setzt dich auf die Lesecouch. Vorsichtig löst du das Klebeband der Klarsichthülle. Es zerbricht unter deinen Fingern. Du löst die Folie aus dem Aktenordner, nun mit noch größerem Bedacht darauf, sie nicht zu zerstören. Mit deinen Fingerspitzen, sehr vorsichtig und mit großer Sorgfalt, entnimmst du einige Ultraschallbilder. Eines davon ist mit *Oktober 1995* datiert. Es zeigt eines seiner Sternenkind-Geschwister, jenes nach deinem Sohn getragene. Sieben weitere Bilder dann, vier davon auf einem einzigen Streifen, alle in schwarz-weiß. Datiert mit *März 1995*. Seine Bilder. Auf einer der Aufnahmen liegt dein Sohn mit dem Gesicht nach unten. Seine Arme um den Brustkorb geschlungen, die Beine angewinkelt. Auf einem anderen hat er seinen Daumen an den Mund geführt. Eines der sieben Ultraschallbilder hat die Zeit nicht überdauert, es ist schneeweiß geworden. Dann ein violetter Schwangerschaftskalender einer Pflegemittelfirma. Er begrüßt deine Frau mit *Vorfreude ist die schönste Freude.* Und dann: drei Polaroidbilder. Sie zeigen seinen älteren Bruder, gleich nach seiner Geburt. Er liegt auf dem Bauch deiner Frau. Rätselhaft, weshalb die Bilder in diesem Ordner gelandet sind. Und schließlich der Beta-HCG-Test. Er zeigt ein dickes Plus. Pablos Plus. Im Mutter-Kind-Pass findest du die Anamnesenotiz *Anzahl der vorangegangenen Schwangerschaften.* Die Zahl 4. Hinter *Anzahl der Fehlgeburten* eine 3. Die Einladung zur nächsten Kontrolluntersuchung weist in ihrer dritten Zeile das Datum *11.5.1995* aus. Dahinter kein Kürzel des Arztes. Ihr hattet nicht mehr dort sein müssen. Auf Seite 14 des Mutter-Kind-Passes das errechnete Geburtsdatum, ohne Relevanz.

Du stellst den dicken, grauen Ordner zurück an seinen Platz. Der Name deines Sohnes strahlt in den Raum. Dort wird der Ordner bleiben.

Ihr mit euch
29. August 2017

„Während der letzten Monate", erklärst du deiner Frau, „bin ich sehr darin bestärkt worden, Pablos Geschichte nicht öffentlich zu erzählen, niemals."

„Von uns beiden bist du der, der sie aufschreiben kann", antwortet deine Frau.

„Würde ich es tun", sagst du, „wären meine größten Zweifel, man könnte denken, es sei eine spirituelle Geschichte."

Deine Frau lacht. „Ist sie das nicht?"

„Ich habe nicht zum Glauben gefunden."

„Das behauptet niemand."

„Ich möchte nicht in diese Schublade gesteckt werden. Die Menschen glauben dann, man habe zur Kirche gefunden."

„Trotzdem ist Pablos Geschichte eine spirituelle Geschichte. Allein das Wort *Sternenkind* ist ja schon spirituell, nicht?"

„Eine Geschichte über den Tod ist immer eine spirituelle Geschichte, was sonst, schließlich bleiben ja nur zwei Möglichkeiten: Entweder ist der Mensch ins Leben geworfen worden und es hat Gott schon gegeben, dann ist der Tod etwas Spirituelles, oder der Mensch hat Gott erfunden, weil er Angst vor dem Tod hat, auch dann ist der Tod spirituell. Heute weiß ich, meine Wut war immer Ausdruck meiner Unsicherheit, meiner Fragen, meines Unverständnisses. Alle meine Fragen sind geblieben, nur das Hadern ist verschwunden. Ich wünsche mir, unsere Kinder sollen irgendwo Heimat gefunden haben."

„Dann ist für dich alles gut und es ist nicht nötig, weiter zu zweifeln", sagt deine Frau.

5. September 2017

Viele Wochen nach den ersten Briefzeilen an deinen Sohn schaukeln die Zweige eurer Apfelbäume im Wind. Du sitzt unter dem Glasdach deiner Veranda und blickst auf das Schwingen der Äste, bewunderst die beachtliche Höhe der Bäume und freust dich über euren gelungenen Sommerschnitt.

An einem Tag wie diesem seid ihr in den Garten gegangen, an jenem Tag, an dem du die Bäume stets besonders lange betrachtest. Ihr seid in den Garten gegangen und habt einen Apfelbaum gepflanzt. In einer alten Notiz hast du gelesen, du habest zwei Gedichte für deinen toten Sohn gelesen. Da steht, ihr habet gemeinsam geweint.

Den Apfelbaum habt ihr von diesem schönen Spätsommerabend an gehütet, als wäre es seine Grabstelle, oder vielleicht mehr noch, als wäre es euer Sohn selbst, der in den kleinen, schlanken Zweigen nun fortlebt. Du weißt bis heute nicht, wie die Äpfel heißen, die er trägt. Es spielt keine Rolle. Der Baum ist eure Freude und eure Sorge, etwa als ihr euch entschlossen habt, aus Vorarlberg wegzugehen und alles zu verkaufen. Ihr fragt euch, wie ihr ihn mitnehmen könnt, denn er ist inzwischen zu groß geworden, um ihn einfach auszugraben.

Im Winter 2011 suchst du Rat bei einem Gärtner und schneidest daraufhin zwei Dutzend Triebe ab. Du legst sie, in Meersand gebettet, in einem Gefäß in den Kühlschrank. Dann führt dich dein Weg nach Graz voraus, ein Haus ist zu bauen, die Arbeit in eurer neuen Heimat aufzunehmen. Währenddessen versorgt deine Frau die Äste, befeuchtet sie regelmäßig, und Ende April, als dich deine Familie besucht, bringt sie die Äste mit. Du weißt, es wird nun Zeit, einen Baum dafür zu finden, und besuchst die Frühlingsmesse. Der Zufall will es, dass in diesem Jahr ein Schwerpunkt dem Gartenbau gewidmet ist und Obstbauern aus dem ganzen Land zu Gast sind. Als bald darauf dein Blick über die große Außenanlage schweift, auf der Suche nach einem Menschen, den du ansprechen könntest, fällt dein Blick auf einen Mann, der mit dem Rücken zu dir steht und Vorbeigehende freundlich grüßt, während er in seiner Hand eine Zigarette versteckt, an der er zieht, wenn er glaubt, niemand sehe es. Amüsiert weißt du in diesem Moment, das ist der Richtige, und gehst auf ihn zu.

Als du ihm erklärst, dass du einen Baum mit deinen Ästen bestücken möchtest, überreicht er dir einen Faltprospekt und meint, der nächste Schnittkurs finde im August statt. So viel Zeit hast du nicht. Zunächst bedauert er, doch als er hört, dass es sich bei den Ästen um deinen Sohn handelt, nickt er und meint, du sollest am Dienstag der Folgewoche bei ihm erscheinen. Am Mittwoch nämlich sei der Tag des heiligen Florian, ab dann könne man einen Baum nicht mehr veredeln.

Du lädst das Gefäß mit den Ästen in die Gepäcktasche deiner Vespa und fährst zu ihm. Er begutachtet die in warmem Wasser gesäuberten Äste und ruft dann seine Frau. Er zeigt ihr die Äste, so schöne Triebe habe er selten gesehen. Dann geht ihr durch seine Baumschule und wählt zwei Bäume aus, die er mit Pablos Ästen bestückt. Während er arbeitet, bleibst du bei ihm, er erzählt von seinem Sternenkind. Als es längst dunkel ist, meint er, du könnest nun nach Hause fahren und dich in sechs Wochen bei ihm melden. Dann erst könne er sagen, ob dein Sohn bereit sei, nach Graz umzuziehen.

So kommt es. Der Obstbauer freut sich, als beide Bäume zu blühen beginnen. Im August dürfen deine Frau und du einen der Bäume auswählen. Ihr nehmt beide.

Während Gewitterwolken aufziehen, geraten die beiden Bäume nun in Bewegung. Du denkst an jene Frau, die euer Haus in Vorarlberg gekauft hat. Sie kannte die Geschichte des Apfelbaums. Ihr habt sie gebeten, gut auf euren Sohn aufzupassen.

Heute weißt du, dass es ist, wie es immer war: Wer nichts mit eurem Sohn zu schaffen hat, kann kein tiefes Gefühl für ihn entwickeln. Eines Tages kam sein älterer Bruder, dein lebender Sohn, von einem Aufenthalt in eurer alten Heimat zurück nach Graz und erzählte, er habe gesehen, dass es seinen Bruder dort nicht mehr gebe. Du nimmst ein Blatt Papier und schreibst deinem Sohn einen letzten Brief.

Mein lieber Pablo!

In der Zeit zwischen deinen beiden Geburtstagen, dem tatsächlichen wie dem errechneten, habe ich dir wohl mehr geschrieben als all die Jahre zuvor. Heute sitze ich im Garten und bewundere wie oft schon deine beiden Apfelbäume. Der eine schaukelt gerade im Wind. Er steht ein kleines bisschen weniger geschützt als der andere. Unter ihm hat deine Mutter in jenem Jahr, in dem wir dich hier einpflanzen konnten, Stiefmütterchen gesetzt. Sie haben sofort geblüht, das ist im Grunde gar nicht erwähnenswert. Diese Stiefmütterchen allerdings sind es.

Als wir darüber nachdachten, an welcher Stelle des Gartens welche Pflanze wohl am besten blühe oder Früchte trage, da entschloss ich mich, einen lange gehegten Wunsch umzusetzen: Wie blumenliebende Bäuerinnen, die nahe ihren Wohnhäusern ein Stück des Hofes einzäunen, um in diesen kleinen Gehegen, deren Sinn und Zweck der konsequente Ausschluss der am Hof herumlaufenden Tiere ist, Blumen aller Art zu pflanzen, zäunte auch ich ein Stück des Gartens ein. Ansonsten haben wir keinen Zaun, ein paar Büsche nur säumen die Grenze zu unseren Nachbarn. So steht „der Garten im Garten" scheinbar unmotiviert auf unserer Wiese. Darin legte ich Beete und einen schmalen Kiesweg an, unter einem deiner Apfelbäume steht ein hölzerner Lehnstuhl, und auch der Korpus meiner Unfallvespa hat einen Platz darin bekommen, um nun unter Efeublättern zu verschwinden.

Und ähnlich wie mit diesem Efeu verhält es sich mit den Stiefmütterchen. Sie haben von deiner Mutter ihren Platz zugewiesen bekommen, umkränzten deinen zweiten Apfelbaum, der außerhalb des „Gartens im Garten" auf der Wiese steht. Gleich daneben haben wir Hochbeete angelegt, und als Verächter der zeitraubenden Sinnlosigkeit des Rasenmähens umsäumte ich die Beete großzügig mit Gartenvlies, setzte Randsteine und füllte die Fläche mit Rindendekor. Prompt hielten sich die Stiefmütterchen unter deinem Baum nicht an den ihnen zugewiesenen Platz. Während ich hier sitze und dem einsetzenden Gewitter zusehe, blicke ich auf eine Rindendekorfläche, die übersät ist mit wilden Stiefmütterchen, des späten

Sommers wegen inzwischen etwas abgeblüht. Alles ist bedeckt mit weißen und violetten Blüten. Wollen wir heute an eines der Hochbeete treten, so müssen wir uns einen Weg bahnen durch all die kleinen Blumenbüschel.

Die Stiefmütterchen erinnern mich daran, dass das Leben nicht aufzuhalten ist, dass sich das Leben immer durchsetzt und wir vielleicht einen Impuls geben können, niemals aber können wir es regulieren. Es hält sich nicht an die von uns vorgesehenen Bahnen, es hält sich nicht an den vorgesehenen Platz. Das Leben nimmt sich, was es braucht – und es bahnt sich seinen Weg, wenn es sein soll.

Ebenso mag es mit unserer gemeinsamen Geschichte sein. Deine Mutter und ich, wir haben euch allen einen Platz ermöglicht. Genommen habt ihr ihn euch selbst. Wir haben ein Leben mit dir, unser aller Leben ist von deiner Anwesenheit durchsetzt. Es ist ein gutes Leben. Alle meine kurzen Texte, Gedanken, meine Briefe und Erklärungsversuche sind keine „Ode an das Leid", sind keine „Chansons der Wehmut", sie berichten am ehesten von der Abwesenheit des Glücks und zugleich dem großen Glücksgefühl, zu wissen, dass du bei uns sein wirst für immer.

7. Oktober 2017

Dein Sohn sitzt im Atelier und arbeitet an einer Lateinübersetzung. Du fragst ihn, ob es möglich wäre, seinem Bruder einen Brief zu schreiben, um ihm zu erzählen, welche Bedeutung er in seinem Erwachsenwerden gehabt habe. Dein Sohn lächelt, er sei als Kind viele Male in den Garten gegangen und habe mit seinem Bruder gesprochen. Wenn er eine Goldmedaille gewonnen habe, sei er vor den Baum im Garten getreten und habe sie seinem Bruder gezeigt. Er habe viel geredet mit ihm, sehr oft. Pablo sei immer sein Bruder gewesen.

Ob er ihm einen Brief schreiben wird, weißt du nicht. Eines ist gewiss: Pablo wird nicht mit deiner Frau und dir sterben. Pablo wird auch nach euch weiterleben. In seinem Bruder, in seiner Schwester. Und plötzlich denkst du, es wäre vielleicht möglich, dass deine lebenden Kinder ihren Kindern erzählen: Ja, wir hatten noch einen Bruder.

Danke, Vera, für die schönen Waldrunden und deine maßgebende Mitarbeit an dieser Erzählung. Danke, dass du deine Notizen freigegeben hast und ich Teile davon hier verwenden durfte, und schließlich danke dafür, dass du online für alle da bist, die sich austauschen möchten.

Danke, Chiara, für dein fachkundiges Dabeisein, deine Übersetzung und die Ratschläge in all den Fragen, in denen ich unendlich untalentiert bin.

Danke, Tonio, für deine vielen Beiträge und dein großes Herz, das dich zum Apfelbaum geführt haben muss.

Und schließlich: Danke, Simone Strobl, für das Durchsehen des ersten Manuskripts und damit für die Sicherheit, auch fachlich keinen Unsinn geliefert zu haben, ebenso für die Erlaubnis, hier deine Adresse abdrucken zu dürfen für alle Menschen, die Kontakt suchen.

Vera Juriatti
Facebook: Die Abwesenheit des Glücks – Leben mit Sternenkindern
http://www.juriatti.net/category/pablosblog/

Simone Strobl
Verein Pusteblume
Volksgartenstraße 13/03
4600 Wels
www.verein-pusteblume.at